河合塾
SERIES

大学入試 でるとこ古典文学史

河合塾講師
宮崎昌喜 著

河合出版

はじめに

全国の数多くの大学の入学試験で、古典の文学史に関する知識が問われる。合格に向けて一点でも多くの点数を獲得するために、その対策を講じることは不可欠である。

ところが、どんな問題でも必ず正解しようとすると、そのためには分厚い文学史の教科書を丸ごと暗記しなければならなくなって、受験科目が一つ増えてしまうくらいの大きな負担になる。だけど所詮はたかが文学史。どんなに苦労をしても大量得点には決してつながらないのだから、あんまり頑張りすぎない方がいい。めったに出題されない難しい問題なんかできなくてもいいのだと割り切って、本当に大切な最小限のことだけを厳選して学習しておくのが賢いやり方だ。

そこで『でるとこ古典文学史』！　過去の入試問題を徹底的に調査し、試験によくでるところだけを効率よく学習するための必須アイテムとして、本書は作られた。できるだけ学習の負担は小さくしたいけれど、かといって他の受験生にできる問題もできないのではせつなすぎる。だから、古代から近世までの文学史を、よくでるところだけ70の項目に絞り込んだ。これだけは覚悟を決めて覚えよう。これでほとんどの問題が解ける。最小限なのだから、これだけでは解けない問題が出題されることだってあるけれど、でも、そんな問題は解けなくてもいいのだ。

覚えた知識を実戦的に確認するために、入試の過去問から選んだ練習問題もたっぷり用意した。ぜひ本書でバランスのよい古典文学史の学習をしてほしい。

この本の使い方

1 まず右ページの**重要事項**をしっかり暗記しましょう。1〜70の番号がついた囲みの中の項目が絶対に覚える最重要事項です。さらに、各項目の左にあるチョイ足しまで覚えると、正解できる問題がいちだんと増えます。

2 重要事項を覚えたら、**練習問題**にチャレンジしてみましょう。すべて大学入試で実際に出題された問題を掲載してあります。✿マークのついた問題は、右ページの最重要事項を覚えれば解ける基本的な問題です。チョイ足しまで覚えると、✿マークのついていない問題も解けるようになります。

3 第1章から第3章の初めに各時代の重要な作品と人物を**年表**にして掲げました。作品や人物の前後関係や同時代性を一括してイメージできるように、この年表は何度も何度も見直してください。

4 第1章から第3章まで終わったら、第4章の**総合問題**に取り組んでみましょう。設問文や選択肢に知らない作品名や人名が出てくる場合もありますが、そういう問題も、本書で覚えた知識を駆使すれば、正解を導くことができるはずです。落ち着いて考えてみてください。

5 「付録」として、**入試で問われる有名な和歌・俳句と有名作品の冒頭**を挙げて、その過去問による練習問題も掲載しました。高校の教室で習ったことがあるものもかなりあるはずです。余力があったら取り組んでみるといいでしょう。

◉もくじ◉

はじめに……2
この本の使い方……3
第1章 古代……5
第2章 中世……39
第3章 近世……61
第4章 総合……81
付録
Ⅰ でるとこ有名和歌……98
Ⅱ でるとこ有名俳句……112
Ⅲ でるとこ有名作品の冒頭……116
索引……122

第1章

古代

奈良《なら》時代以前（上代《じょうだい》）と平安《へいあん》時代（中古《ちゅうこ》）をあわせて古代《こだい》といいます。和歌・物語・日記と、貴族たちが華やかな王朝文学を開花させた時代です。

		奈良時代	平安前期	期
	（天智）（持統）	七一〇	七九四　（九〇〇）（醍醐）	
和歌・歌論		万葉集《まんようしゅう》（2・3）	古今《こきん》和《わ》歌集《かしゅう》（5・6・8）	後撰《ごせん》和《わ》歌集《かしゅう》（8）
物語			竹取物語《たけとりものがたり》（10） 伊勢物語《いせものがたり》（12・13）	大和物語《やまとものがたり》（12）
歴史・説話		古事記《こじき》（1） 日本書紀《にほんしょき》（1）	日本霊異記《にほんりょういき》（30）	
日記・随筆			土佐日記《とさにっき》（14・15）	
人物	額田王《ぬかたのおおきみ》（3） 柿本人麻呂《かきのもとのひとまろ》（3）	太安万侶《おおのやすまろ》（1） 山部赤人《やまべのあかひと》・山上憶良《やまのうえのおくら》（3） 高橋虫麻呂《たかはしのむしまろ》・大伴旅人《おおとものたびと》（3） 大伴家持《おおとものやかもち》（2・3）	在原業平《ありわらのなりひら》（7・13）・小野小町《おののこまち》（7） 僧正遍昭《そうじょうへんじょう》・文屋康秀《ふんやのやすひで》（7） 喜撰法師《きせんほうし》・大伴黒主《おおとものくろぬし》（7） 菅原道真《すがわらのみちざね》（4）・紀淑望《きのよしもち》（6） 紀貫之《きのつらゆき》（6・15）・壬生忠岑《みぶのただみね》（6） 凡河内躬恒《おおしこうちのみつね》・紀友則《きのとものり》（6）	清原元輔《きよはらのもとすけ》（19）

第1章◉古 代
第2章◉中 世
第3章◉近 世
第4章◉総 合
付 録

平 安 中	平 安 後 期
（一条） （一〇〇〇）	（一一〇〇）
拾遺和歌集《しゅういわかしゅう》(8・21) 和漢朗詠集《わかんろうえいしゅう》(21)	後拾遺和歌集《ごしゅういわかしゅう》(8) 金葉和歌集《きんようわかしゅう》(8・9) 俊頼髄脳《としよりずいのう》(9) 詞花和歌集《しかわかしゅう》(8) 梁塵秘抄《りょうじんひしょう》(31) 千載和歌集《せんざいわかしゅう》(8・9) 山家集《さんかしゅう》(33)
平中物語《へいちゅうものがたり》(12) 落窪物語《おちくぼものがたり》(10・11) 宇津保物語《うつほものがたり》(10) 源氏物語《げんじものがたり》(20)	浜松中納言物語《はままつちゅうなごんものがたり》(22) 夜《よる》の寝覚《ねざめ》(22) 堤中納言物語《つつみちゅうなごんものがたり》(22・24) 狭衣物語《さごろもものがたり》(22) とりかへばや物語《ものがたり》(22)
	栄花物語《えいがものがたり》(25・26) 大鏡《おおかがみ》(25～28) 今昔物語集《こんじゃくものがたりしゅう》(29) 今鏡《いまかがみ》(28)
蜻蛉日記《かげろうにっき》(14・16) 枕草子《まくらのそうし》(19) 和泉式部日記《いずみしきぶにっき》(14) 紫式部日記《むらさきしきぶにっき》(14)	更級日記《さらしなにっき》(14・17・23) 讃岐典侍日記《さぬきのすけにっき》(14)
藤原道綱母《ふじわらのみちつなのはは》(16) 清少納言《せいしょうなごん》(18・19) 和泉式部《いずみしきぶ》(18)・紫式部《むらさきしきぶ》(18・20) 藤原公任《ふじわらのきんとう》(21) 赤染衛門《あかぞめえもん》(18・25)	菅原孝標女《すがわらのたかすえのむすめ》(17・23) 源俊頼《みなもとのとしより》(9) 後白河上皇《ごしらかわじょうこう》(31) 藤原俊成《ふじわらのしゅんぜい》(9・32) 西行《さいぎょう》(33)

1 □□ 『古事記《こじき》』は太安万侶《おおのやすまろ》が神話・歴史を記した現存最古の古典。

チョイ足し

『古事記』は七一二年の成立。少し遅れて七二〇年に成立した『日本書紀《にほんしょき》』は漢文で記された歴史書。この二つをまとめて「記紀《きき》」という。

2 □□ 『万葉集《まんようしゅう》』は奈良《なら》時代に大伴家持《おおとものやかもち》を中心に編纂《へんさん》された現存最古の歌集。

チョイ足し

『万葉集』は主に七〜八世紀中頃の歌を収める。歌風は、おおらかな「ますらをぶり」。

3 □□ 『万葉集《まんようしゅう》』の代表歌人は柿本人麻呂《かきのもとのひとまろ》・山部赤人《やまべのあかひと》・山上憶良《やまのうえのおくら》・大伴家持《おおとものやかもち》。

チョイ足し

他に額田王《ぬかたのおおきみ》・高橋虫麻呂《たかはしのむしまろ》・大伴旅人《おおとものたびと》なども有名な歌人。

問1 『古事記』を撰述したのは誰か。①〜④から一つ選べ。

①大伴家持　②太安万侶　③柿本人麻呂　④坂上田村麻呂

問2 『古事記』は次のどのジャンルにあてはまるか。①〜⑤から一つ選べ。

①歴史書・文学書　②随筆　③歌物語　④軍記物　⑤日記

（城西大）□ ②

（名城大）□ ①

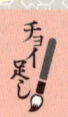

問3 『古事記』の成立はいつ頃か。①～④から一つ選べ。
①六世紀　②七世紀　③八世紀　④九世紀

問4 『日本書紀』の説明として最も適当なものを①～⑤から一つ選べ。
①奈良時代に成立した作品で、稗田阿礼が執筆したものである。
②奈良時代に成立した作品で、漢文によって書かれている。
③奈良時代に成立した作品で、現存最古の漢詩集である。
④平安時代に成立した作品で、主に平仮名を使用している。
⑤平安時代に成立した作品で、天智天皇の活躍が描かれている。

問5 大伴家持が編纂の中心となり、その作った歌が多く収められている和歌集の名前を答えよ。

問6 『万葉集』の歌人ではないのは誰か。①～⑤から一つ選べ。
①山上憶良　②山部赤人　③柿本人麻呂　④大伴家持　⑤紀貫之

問7 『万葉集』について、次の⑴⑵に答えよ。
⑴『万葉集』の歌人に含まれない人物を①～⑤から一つ選べ。
①紀友則　②大伴旅人　③柿本人麻呂　④高橋虫麻呂　⑤山部赤人
⑵山上憶良はいつごろの人か。最も適当なものを①～⑤から一つ選べ。
①五～六世紀　②七～八世紀　③九世紀　④九～十世紀　⑤十一世紀

問3（日本女子大）□③
問4（実践女子大）□②
問5（明治大）□万葉集
問6（神奈川大）□⑤
問7（立正大）□⑴① □⑵②

4
□□
菅原《すがわらの》道《みち》真《ざね》は大宰府《だざいふ》に左遷《させん》され、死後、北野天満宮《きたのてんまんぐう》に天神《てんじん》として祀《まつ》られた。

チョイ足し
菅原道真は平安《へいあん》時代前期（九世紀）に活躍した漢詩人・漢学者。

5
□□
『古今和歌集《こきんわかしゅう》』は醍醐《だいご》天皇の命令で十世紀初めに作られた最初の勅撰和歌集《ちょくせんわかしゅう》。

チョイ足し
歌風は優美で繊細《せんさい》な「たをやめぶり」。勅撰和歌集は天皇・上皇の命令で編纂《へんさん》した歌集。

6
□□
紀貫之《きのつらゆき》は『古今和歌集《こきんわかしゅう》』の撰者《せんじゃ》の一人で、その「仮名序《かなじょ》」も記した。

チョイ足し
『古今和歌集』の撰者は他に壬生忠岑《みぶのただみね》・凡河内躬恒《おおしこうちのみつね》・紀友則《きのとものり》もいる。「仮名序」の他に漢文で記された「真名序《まなじょ》」もあり、その著者は紀淑望《きのよしもち》。

7
□□
六歌仙《ろっかせん》は在原業平《ありわらのなりひら》・小野小町《おののこまち》など、九世紀後半の六人の和歌の名人。

チョイ足し
六歌仙は『古今和歌集』の撰者より一世代前の歌人。他の四人は僧正遍昭《そうじょうへんじょう》・文屋康秀《ふんやのやすひで》・喜《き》撰法師《せんほうし》・大伴黒主《おおとものくろぬし》。

問8 「北野天神」は、その生前、右大臣から失脚して九州の大宰府に左遷されたが、その人物は誰か。①～⑤から一つ選べ。

①小野篁　②空海　③紀貫之　④菅原道真　⑤源順

問9 次の傍線部の歌は、歴史上のある人物のことを詠んでいる。その人物名（漢字四字）を記せ。

小大進、「思ひ出づやなき名たつ身は憂かりきと現人神《あらひとがみ》になりし昔を」とよみて、紅《くれなゐ》の薄様《うすやう》一重に書きて、御宝殿におしたりける夜、鳥羽法皇の御夢に御覧ずるやう、よにけたかく、やむごとなき翁の、束帯にて御枕に立ちて、「やや」とおどろかし参らせて、「われは北野の右近馬場《うこんのうまば》の神にて侍る。めでたきことの侍る。御使たまはりて、見せ候はむ」と申し給ふ、とおぼしめして、うちおどろかせ給ひて、「天神の見えさせ給ひつる。いかなる御事のあるぞ」と、「見て参れ」とて、「鳥羽の御馬屋の御馬に、北面のものを乗せて、馳せよ」と仰せられければ、馳せて参りて見るに、小大進は雨しづくと泣きて候ひけり。（『十訓抄』）

問10 『古今集』の成立はいつごろか。①～⑤から一つ選べ。

①九世紀初め　②九世紀半ば　③十世紀初め　④十世紀半ば　⑤十一世紀初め

問11 紀貫之と関係のある作品を①～⑤から一つ選べ。

①古今和歌集　②新古今和歌集　③新葉和歌集　④後撰和歌集　⑤拾遺和歌集

問8（関西外国語大）□ ④

問9（早稲田大）□ 菅原道真

問10（中京大）□ ③

問11（大阪経済大）□ ①

問12 忠岑や躬恒が撰者だった我が国最初の勅撰集の他の撰者を①～④から一つ選べ。

①在原業平　②大伴家持　③藤原定家　④紀友則

（日本大）

□④

問13 「友則」は『古今和歌集』撰者のひとりである。他の撰者を①～⑤から二つ選べ。

①壬生忠見　②凡河内躬恒　③紀貫之　④在原業平　⑤藤原定家

（上智大）

□②③

問14 次の空欄に入る語として最も適当なものを①～⑤から一つ選べ。

ひがごとを詠みたらむ歌を、□に、躬恒・貫之、まさに入れむやは。たとひ、かの人々こそ誤ちて入れめ、延喜の聖主、のぞかせ給はざらむやは。（『俊頼髄脳』）

①万葉　②伊勢　③古今　④新古今　⑤源氏

（関西学院大）

□③

問15 『古今和歌集』の撰者で、その仮名序を書いた人物は誰か。①～⑤から一つ選べ。

①柿本人麻呂　②在原業平　③藤原定家　④菅原道真　⑤紀貫之

（駒澤大）

□⑤

問16 (1)「真名序」の作者と(2)「仮名序」の作者は誰か。①～⑤からそれぞれ一つずつ選べ。

①紀貫之　②紀友則　③紀淑望　④凡河内躬恒　⑤在原業平

（上智大）

□(1)③　□(2)①

問17 「業平」という人物について、(1)姓を漢字で書け。(2)「業平」の読みをひらがなで書け。

（高崎経済大）

□(1)在原　□(2)なりひら

✲**問18**　「小野小町」は『古今和歌集』序で言及されている六歌仙のひとりとされているが、この六歌仙には他に誰がいるか。該当する人物を①～⑤から一つ選べ。

①紀貫之　②在原業平　③清少納言　④藤原定家　⑤大伴家持

（青山学院大）
□ ②

問19　「在原業平」は六歌仙の一人と言われているが、①～⑤の中で六歌仙に含まれない人物を一つ選べ。

①紀貫之　②小野小町　③大伴黒主　④僧正遍昭　⑤喜撰法師

（法政大）
□ ①

問20　次の傍線部に当てはまる人名を①～⑧から四つ選べ。

仍《よ》りてかの古今歌集に、六人《むたり》の歌を判《ことわ》るに、のどかにさやかなるを、姿を得たりとし、強く堅きを鄙《ひな》びたりと云へるは、その国、その時の姿を姿として、広くいにしへをかへり見ざるものなり。（賀茂真淵『にひまなび』）

①在原業平　②紀貫之　③小野小町　④大伴家持
⑤高市黒人　⑥文屋康秀　⑦源順　⑧喜撰法師

（上智大）
□ ①③⑥⑧

問21　『古今和歌集』の歌人を①～⑦から二つ選べ。

①額田王　②源実朝　③大伴家持　④式子内親王　⑤紀貫之
⑥壬生忠岑　⑦藤原家隆

（立命館大）
□ ⑤⑥

問22　『古今和歌集』の歌人として適切でないものを①～⑥の中から二つ選べ。

①紀友則　②壬生忠岑　③小野小町　④西行　⑤在原業平　⑥式子内親王

（神戸学院大）
□ ④⑥

第1章◉古代
第2章◉中世
第3章◉近世
第4章◉総合
付録

8 □□

八代集《はちだいしゅう》は、**古今《こきん》・後撰《ごせん》・拾遺《しゅうい》・後拾遺《ごしゅうい》・金葉《きんよう》・詞花《しか》・千載《せんざい》・新古今《しんこきん》。**

チョイ足し

勅撰《ちょくせん》和歌集の初めの八つを「八代集」といい、特に初めの三つを「三代集」という。古今から千載までは平安時代の成立で、新古今だけが鎌倉《かまくら》時代の成立。

9 □□

『金葉和歌集《きんようわかしゅう》』の撰者《せんじゃ》は**源俊頼《みなもとのとしより》。『千載和歌集《せんざいわかしゅう》』**の撰者は**藤原俊成《ふじわらのしゅんぜい》。**

チョイ足し

源俊頼は歌論『俊頼髄脳《としよりずいのう》』の著者でもある。藤原俊成の名前は「としなり」とも読む。

問23 次のa～fは『古今和歌集』から『新古今和歌集』までの間の勅撰和歌集である。その成立順を①～⑤から一つ選べ。

a金葉和歌集　b千載和歌集　c後拾遺和歌集　d後撰和歌集
e詞花和歌集　f拾遺和歌集

①b a c e d f　②f c d a e b　③d e f c a b　④d f c a e b
⑤b d e a f c

（学習院女子大）

□④

問24 勅撰和歌集ではない和歌集を①～④から一つ選べ。

①古今和歌集　②新古今和歌集　③金槐《かい》和歌集　④金葉和歌集

（埼玉大）

□③

問25 『後撰和歌集』と成立上の性格において異質な歌集はどれか。①～⑤から一つ選べ。
①万葉集 ②古今和歌集 ③金葉和歌集 ④千載和歌集 ⑤詞花和歌集
（東海大）
□ ①

問26 『拾遺和歌集』は何番目の勅撰集か。適切なものを①～⑧から一つ選べ。
①一番目 ②二番目 ③三番目 ④四番目 ⑤五番目 ⑥六番目
⑦七番目 ⑧八番目
（法政大）
□ ③

問27 「三代集」と称される歌集の組み合わせとして最も適当なものを①～⑤から一つ選べ。
①万葉・古今・新古今 ②古今・後撰・拾遺 ③古今・後撰・千載
④古今・拾遺・詞花 ⑤万葉・古今・千載
（愛知大）
□ ②

問28 「源俊頼」が撰者となった勅撰和歌集を①～⑤から一つ選べ。
①金葉和歌集 ②新古今和歌集 ③風雅和歌集 ④文華秀麗集 ⑤山家集
（早稲田大）
□ ①

問29 「俊成三位」の編纂した勅撰和歌集は何か。①～⑤から一つ選べ。
①古今和歌集 ②後撰和歌集 ③金葉和歌集 ④千載和歌集 ⑤新古今和歌集
（東海大）
□ ④

問30 『俊頼髄脳』の作者が撰者となった勅撰集を①～⑤から一つ選べ。
①後拾遺和歌集 ②詞花和歌集 ③金葉和歌集 ④千載和歌集
⑤新古今和歌集
（二松學舍大）
□ ③

10 □□

『源《げん》氏《じ》物語』以前の『竹《たけ》取《とり》』『落《おち》窪《くぼ》』『宇《う》津《つ》保《ほ》』を作《つく》り物語という。

チョイ足し

平安時代前期〜中期の成立。最古の『竹取物語』は『源氏物語』（↓20）の中で「物語の出《い》で来《き》はじめの祖《おや》」とされる。『竹取物語』と『宇津保物語』は「伝《でん》奇《き》物語」ともいう。

11 □□

『落《おち》窪《くぼ》物語』は継《まま》子《こ》いじめの話。同じテーマの作品に『住《すみ》吉《よし》物語』がある。

チョイ足し

「継子いじめ」は継母《ままはは》が養女《ようじょ》を虐待《ぎゃくたい》すること。『住吉物語』は平安前期に原作が作られ、鎌倉初期の改作が現存する。

問31 『竹取物語』と同じジャンル（種類）に属する作品を①〜⑤から一つ選べ。

①平中物語　②伊勢物語　③宇治拾遺物語　④平家物語　⑤落窪物語

（松山大）□⑤

問32 『竹取物語』のジャンルとして適当なものを①〜⑤から一つ選べ。

①説話物語　②伝奇物語　③歌物語　④擬古物語　⑤歴史物語

（福岡大）□②

問33 『竹取物語』は、『源氏物語』の中で「□の出で来はじめの祖」と評されている。この空欄に入れるのに最も適切なものを①〜⑤から一つ選べ。

①神語り　②伝奇　③物語　④歌物語　⑤詩文

（文教大）□③

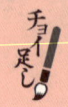

問34 次の文中の空白部 Ⅰ ・ Ⅱ に入るものをそれぞれ①～④から一つずつ選べ。『宇津保物語』は平安時代中期に成立し、伝奇物語の祖 Ⅰ の系列を引く作品である。これと同時期に成立した作品に Ⅱ がある。

Ⅰ ①大和物語 ②平中物語 ③伊勢物語 ④竹取物語

Ⅱ ①保元物語 ②落窪物語 ③平家物語 ④雨月物語

（日本大）

□ Ⅰ ④ □ Ⅱ ②

問35 『うつほ物語』以前に成立した作品を①～⑤から一つ選べ。

①枕草子 ②源氏物語 ③古今和歌集 ④和泉式部日記 ⑤新古今和歌集

（学習院大）

□ ③

問36 『落窪物語』と同じジャンルの作品を①～⑤から一つ選べ。

①宇治拾遺物語 ②竹取物語 ③伊勢物語 ④平治物語 ⑤栄花物語

（聖心女子大）

□ ②

問37 次の文の空白部 Ⅰ ・ Ⅱ に入るものはどれか。それぞれ①～④から一つずつ選べ。

『落窪物語』は Ⅰ を主題とする作品で、同じ主題の作品に Ⅱ がある。

Ⅰ ①女性流離譚 ②継子苛め譚 ③貴種流離譚 ④投身悲劇譚

Ⅱ ①住吉物語 ②宇津保物語 ③松浦宮物語 ④堤中納言物語

（日本大）

□ Ⅰ ② □ Ⅱ ①

問38 『住吉物語』と同様に継子いじめを軸に展開する平安時代の物語を①～⑤から一つ選べ。

①狭衣物語 ②宇津保物語 ③大和物語 ④とりかへばや物語 ⑤落窪物語

（九州大）

□ ⑤

12 □□

『源氏《げんじ》物語』以前の『伊勢《いせ》』『大和《やまと》』『平中《へいちゅう》』を歌《うた》物語という。

チョイ足し

平安時代前期～中期の成立。いずれも作者未詳で、歌を中心とする短編《たんぺん》物語集。

13 □□

『伊勢《いせ》物語』の主人公のモデルとされているのは在原業平《ありわらのなりひら》。

チョイ足し

在原業平は「六歌仙《ろっかせん》」の一人（↓7）。「在五中将《ざいごちゅうじょう》」「在中将《ざいちゅうじょう》」ともいわれる。

問39 『伊勢物語』の文学的ジャンルとして最も適切なものを①～④から一つ選べ。

①日記　②歌物語　③歴史物語　④仏教説話

（近畿大）

□②

問40 『伊勢物語』と同じジャンルの作品を①～⑤から一つ選べ。

①古今和歌集　②山家集　③野ざらし紀行　④大和物語　⑤海道記

（福岡大）

□④

問41 『伊勢物語』の主人公かと言われている人物を①～⑤から一つ選べ。

①紀貫之　②空海　③菅原道真　④藤原道長　⑤在原業平

（九州産業大）

□⑤

問42 「色好み」で知られ、平安時代成立の物語の主人公にもなった、歴史上実在の人物を一人あげ、漢字で記せ。

（尾道市立大）

□在原業平

問43 次の文の空白部Ⅰ・Ⅱに入る作品名を、それぞれ①～④から一つずつ選べ。
平安時代の物語には「物語の出で来はじめの祖」と評された『 Ⅰ 』などの作り物語と、『伊勢物語』や『 Ⅱ 』などの歌物語の流れがある。そして、『源氏物語』の出現で最高峰に到達したといわれる。

Ⅰ ①落窪物語 ②平中物語 ③竹取物語 ④宇津保物語

Ⅱ ①大和物語 ②狭衣物語 ③夜の寝覚 ④堤中納言物語

（日本大）
□Ⅰ ③
□Ⅱ ①

問44 『大和物語』と同じジャンルの作品を①～⑤から一つ選べ。

①平家物語 ②浮世物語 ③落窪物語 ④平中物語 ⑤竹取物語

（立命館大）
□ ④

問45 『大和物語』より作品の成立時期の早いものを①～⑤から一つ選べ。

①狭衣物語 ②住吉物語 ③竹取物語 ④堤中納言物語 ⑤栄花物語

（明治大）
□ ③

問46 傍線部「我が住むかた」の典拠として最も適切な作品名を①～⑤から一つ選べ。

打出の浜うち過ぐれば、在五中将の「我が住むかた」といひけむ蘆屋の里になりぬ。

（『道行きぶり』）

①伊勢物語 ②土佐日記 ③源氏物語 ④更級日記 ⑤平家物語

（早稲田大）
□ ①

問47 次に挙げる王朝物語の中で最も成立の遅い作品はどれか。①～⑤から一つ選べ。

①伊勢物語 ②うつほ物語 ③源氏物語 ④落窪物語 ⑤大和物語

（武庫川女子大）
□ ③

14 □□

平安時代の日記は、土《と》佐《さ》・蜻《かげ》蛉《ろう》・和《い》泉《ずみ》式《しき》部《ぶ》・紫《むらさき》式《しき》部《ぶ》・更《さら》級《しな》・讃《さぬ》岐《きの》典《す》侍《け》。

チョイ足し

『土佐日記』『蜻蛉日記』は『源氏《げんじ》物語』（↓20）以前。『和泉式部日記』『紫式部日記』は『源氏物語』と同時代。『更級日記』『讃岐典侍日記』は『源氏物語』以後。

15 □□

『土《と》佐《さ》日記』は平安時代前期に紀《きの》貫《つら》之《ゆき》が仮《か》名《な》で記した、最初の日記文学。

チョイ足し

土佐（現在の高知県）から都へ向かう船旅の様子を、女性の立場で記している。作者の紀貫之は有名な歌人で『古《こ》今《きん》和歌集』の撰者《せんじゃ》でもある（↓6）。

16 □□

『蜻《かげ》蛉《ろう》日記』は平安時代中期に藤《ふじ》原《わらの》道《みち》綱《つなの》母《はは》が記した日記。

チョイ足し

『蜻蛉日記』の成立は、『源氏物語』（↓20）とほぼ同時代だが少しだけ以前、と覚えておく。

17 □□

『更《さら》級《しな》日記』は平安時代後期に菅《すが》原《わらの》孝《たか》標《すえの》女《むすめ》が記した日記。

チョイ足し

上総《かずさ》（現在の千葉県）から帰京した作者が『源氏《げんじ》物語』（↓20）などの物語世界に憧《あこが》れる。

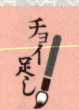

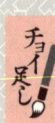

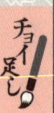

問48 平安時代の日記文学作品の成立した順として最も適切なものを①〜⑥から一つ選べ。

①土佐日記→蜻蛉日記→更級日記　②土佐日記→更級日記→蜻蛉日記
③更級日記→蜻蛉日記→土佐日記　④更級日記→土佐日記→蜻蛉日記
⑤蜻蛉日記→土佐日記→更級日記　⑥蜻蛉日記→更級日記→土佐日記

（椙山女学園大）
□ ①

問49 次の①〜⑤の日記文学のうち、平安時代の作品でないものを一つ選べ。

①土佐日記　②更級日記　③十六夜日記　④和泉式部日記　⑤蜻蛉日記

（愛知学院大）
□ ③

問50 かな文字の発達による日記文学の先駆的作品として有名な日記を①〜④から一つ選べ。

①土佐日記　②更級日記　③十六夜日記　④蜻蛉日記

（関東学院大）
□ ①

問51 紀貫之と関係の深い作品を①〜⑤から二つ選べ。

①万葉集　②古今集　③土佐日記　④更級日記　⑤今昔物語集

（弘前学院大）
□ ②③

問52 『土佐日記』の説明として該当するものを①〜④から一つ選べ。

①筆者を女性に仮託する虚構が記されている　②全体は漢文で書かれている
③京から土佐へ向かう旅日記である　④女流の日記文学に対する批判がみえる

（神奈川大）
□ ①

問53 『蜻蛉日記』の作者を①〜④から一つ選べ。

①阿仏尼　②赤染衛門　③藤原道綱の母　④菅原孝標の女

（日本大）
□ ③

問54 『蜻蛉日記』より以前に書かれた日記作品を①～⑤から一つ選べ。

①十六夜日記 ②和泉式部日記 ③更級日記 ④土佐日記 ⑤紫式部日記

問55 『蜻蛉日記』よりも成立の早い和歌集を①～④から一つ選べ。

①金槐和歌集 ②拾遺和歌集 ③古今和歌集 ④詞花和歌集

問56 紫式部と同じ時代の日記文学作者を①～⑦から一つ選べ。

①藤原公任 ②西行 ③赤染衛門 ④藤原道綱母 ⑤藤原定家 ⑥清少納言 ⑦小野小町

問57 『紫式部日記』より後に成立したとされるものを①～⑥から二つ選べ。

①伊勢物語 ②後撰和歌集 ③更級日記 ④新古今和歌集 ⑤竹取物語 ⑥土佐日記

問58 『紫式部日記』に登場しない人物を①～⑤から一つ選べ。

①清少納言 ②和泉式部 ③菅原孝標女 ④赤染衛門 ⑤藤原彰子

問59 『更級日記』の筆者を①～⑤から一つ選べ。

①藤原道綱母 ②和泉式部 ③伊勢大輔 ④菅原孝標女 ⑤紫式部

問60 『更級日記』より前に成立した作品を①～⑤から一つ選べ。

①雨月物語 ②奥の細道 ③源氏物語 ④徒然草 ⑤平家物語

（福井大） □④

（神奈川大） □③

（法政大） □④

（奈良教育大） □③④

（二松學舍大） □③

（千葉大） □④

（駒澤大） □③

問61 『更級日記』より後に成立したものを①～⑤から一つ選べ。

①源氏物語　②宇津保物語　③和泉式部日記　④蜻蛉日記　⑤十六夜日記

（愛知大）

□ ⑤

問62 以下は『更級日記』に関する説明である。Ⅰ～Ⅲに入る適当なものを①～⑦からそれぞれ一つずつ選べ。

『更級日記』の作者（ Ⅰ ）は『蜻蛉日記』の作者（ Ⅱ ）の姪《めい》にあたる人物である。『更級日記』においては（ Ⅲ ）が書いた『源氏物語』に対する憧れの思いが繰り返し綴られている。

①和泉式部　②紫式部　③清少納言　④藤原俊成女　⑤菅原孝標女

⑥藤原道綱母　⑦赤染衛門

（宮城学院女子大）

□ Ⅰ ⑤

□ Ⅱ ⑥

□ Ⅲ ②

問63 『讃岐典侍日記』よりも後に成立した日記を①～⑤から一つ選べ。

①十六夜日記　②和泉式部日記　③蜻蛉日記　④更級日記　⑤土佐日記

（島根大）

□ ①

問64 『讃岐典侍日記』と成立年代の最も近い勅撰和歌集を①～④から一つ選べ。

①拾遺和歌集　②金葉和歌集　③新古今和歌集　④玉葉和歌集

（神奈川大）

□ ②

18

□□

清少納言《せいしょうなごん》・紫式部《むらさきしきぶ》・和泉式部《いずみしきぶ》は同時期に活躍した平安の三才女《さんさいじょ》。

チョイ足し

西暦一〇〇〇年頃に、清少納言は中宮定子《ちゅうぐうていし》に、紫式部と和泉式部は中宮彰子《しょうし》に、女房《にょうぼう》として仕えた。中宮彰子に仕えた女房には他に歌人の赤染衛門《あかぞめえもん》もいる。

19

□□

『枕草子《まくらのそうし》』は平安時代中期の随筆《ずいひつ》。作者は清少納言《せいしょうなごん》。

チョイ足し

清少納言の父親は、『後撰《ごせん》和歌集』（↓8）の撰者《せんじゃ》の一人である清原元輔《きよはらのもとすけ》。

20

□□

『源氏《げんじ》物語』は平安時代中期の物語。作者は紫式部《むらさきしきぶ》。

チョイ足し

全五十四巻から成る長編物語。主人公は光源氏《ひかるげんじ》。

21

□□

『拾遺和歌集《しゅういわかしゅう》』と『和漢朗詠集《わかんろうえいしゅう》』も『源氏《げんじ》物語』とほぼ同時代の作品。

チョイ足し

『拾遺和歌集』は三番目の勅撰《ちょくせん》和歌集（↓8）。『和漢朗詠集』の編者は藤原公任《ふじわらのきんとう》。

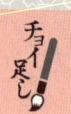

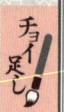

問65 和泉式部と同時期に活躍した人物の作品を①〜⑤から一つ選べ。
①伊勢物語　②源氏物語　③山家集　④土佐日記　⑤梁塵秘抄

問66 和泉式部と同じく一条天皇の后である彰子に仕えた女房を①〜⑤から一つ選べ。
①菅原孝標女　②清少納言　③建礼門院　④紫式部　⑤藤原道綱母

問67 『枕草子』の作者は誰か。①〜⑤から一つ選べ。
①清少納言　②紫式部　③小野小町　④持統天皇　⑤和泉式部

問68 『枕草子』の作者と同時代に活躍した人物を①〜⑤から一つ選べ。
①藤原定家　②兼好法師　③阿仏尼　④紫式部　⑤大伴家持

問69 『枕草子』と成立時期の最も近い作品はどれか。①〜④から一つ選べ。
①大鏡　②後撰和歌集　③土佐日記　④和泉式部日記

問70 『枕草子』と同じ時代の作品を①〜⑤から一つ選べ。
①和漢朗詠集　②風姿花伝　③懐風藻　④宇治拾遺物語　⑤とはずがたり

問71 『枕草子』よりも早く成立したと考えられる作品を①〜⑤から一つ選べ。
①方丈記　②徒然草　③更級日記　④大鏡　⑤土佐日記

問65（神戸学院大）□ ②
問66（明治大）□ ④
問67（東海大）□ ①
問68（京都外国語大）□ ④
問69（日本大）□ ④
問70（法政大）□ ①
問71（千葉大）□ ⑤

問72 『枕草子』の作者に関する説明として最も適当なものを①～⑤から一つ選べ。
①夫との不和をつづった自伝的日記が有名であり、父親は藤原倫寧と言われている。
②「やすらはで」で始まる和歌が有名であり、『栄花物語』の作者という説もある。
③中宮定子に仕えていたことが知られており、父親は清原元輔と言われている。
④多彩な恋愛経験の持ち主として知られており、特に敦道親王との恋が有名である。
⑤中宮彰子に仕えていたことが知られており、父親は藤原為時と言われている。

問73 清少納言の父親で、「梨壺の五人」のうちの一人として『後撰和歌集』の編集に携わった貴族は誰か。①～⑤から一つ選べ。
①清原宣賢　②清原深養父　③清原元輔　④藤原為時　⑤藤原倫寧

問74 小野僧正仁海が生存していた時代（九五四～一〇四六）に成立した作品を①～⑤から一つ選べ。
①宇治拾遺物語　②源氏物語　③太平記　④とはずがたり　⑤日本霊異記

問75 「光源氏」を主人公とした物語の作者名を漢字で答えよ。

✻問76 『源氏物語』以前に成立した作品を①～⑩から二つ選べ。
①方丈記　②更級日記　③新古今和歌集　④今昔物語集　⑤うひ山ぶみ
⑥十訓抄　⑦雨月物語　⑧とはずがたり　⑨宇津保物語　⑩古今和歌集

（実践女子大）
□③

（三重大）
□③

（早稲田大）
□②

（弘前大）
□紫式部

（法政大）
□⑨⑩

問77 『源氏物語』に大きな影響を与えた作品を①〜⑤から一つ選べ。
①伊勢物語　②大鏡　③更級日記　④夜の寝覚　⑤平家物語

（青山学院大）
□ ①

問78 次のⅠからⅣに入る適切な人物名または作品名を漢字で記せ。
『源氏物語』は、藤原道長やその娘の中宮彰子に女房として仕えた（　Ⅰ　）の作であるが、藤原道長家に仕えた女房の中には文才に優れた人物が多く、恋多き女流歌人として有名な（　Ⅱ　）や、赤染衛門もいる。これより少し早く、道長の兄藤原道隆とその娘の皇后定子に仕えて、特に定子の姿を（　Ⅲ　）で生き生きと描き出したのが（　Ⅳ　）である。

（福岡女子大）
□ Ⅰ紫式部
□ Ⅱ和泉式部
□ Ⅲ枕草子
□ Ⅳ清少納言

問79 『源氏物語』の作者が仕えた人は誰か。①〜⑤から一つ選べ。
①額田王　②皇后定子　③中宮彰子　④二条后高子　⑤建礼門院徳子

（國學院大）
□ ③

問80 『源氏物語』と同時期に成立した勅撰和歌集は何か。漢字で記せ。

（西南学院大）
□ 拾遺和歌集

問81 『源氏物語』以前に成立した勅撰和歌集を①〜⑤から一つ選べ。
①万葉集　②古今和歌集　③和漢朗詠集　④新古今和歌集　⑤山家集

（聖心女子大）
□ ②

問82 『和漢朗詠集』の撰者を①〜④から一つ選べ。
①藤原道長　②源実朝　③藤原定家　④藤原公任

（近畿大）
□ ④

22 □□ 『源《げん》氏《じ》物語』以後の物語は『浜《はま》松《まつ》中《ちゅう》納《な》言《ごん》』『堤《つつみ》中《ちゅう》納《な》言《ごん》』『狭《さ》衣《ごろも》』など。

チョイ足し

平安時代後期の物語。他に『夜《よる》の寝《ね》覚《ざめ》』『とりかへばや物語』などもある。

23 □□ 平安時代後期の物語は『更《さら》級《しな》日記』と同じ頃に成立した。

チョイ足し

『浜松中納言物語』『夜の寝覚』の作者を『更級日記』と同じ菅原孝標女《すがわらのたかすえのむすめ》とする説がある。

24 □□ 『堤《つつみ》中《ちゅう》納《な》言《ごん》物語』は十編の短《たん》編《ぺん》と一つの断章を収める**短編物語集**。

チョイ足し

「虫めづる姫君」「ほどほどの懸《け》想《そう》」「逢《おう》坂《さか》越えぬ権《ごんの》中《ちゅう》納《な》言《ごん》」「はいずみ」などの短編。

問83 『源氏物語』以後に成立した物語を①～④から一つ選べ。

①伊勢物語　②大和物語　③狭衣物語　④落窪物語

（西南学院大）

□ ③

問84 『狭衣物語』とほぼ同じ時期の作品を①～⑤から一つ選べ。

①大和物語　②源氏物語　③とはず語り　④更級日記　⑤枕草子

（青山学院大）

□ ④

問85 成立時期が『堤中納言物語』に最も近い作品を①〜⑤から一つ選べ。
①好色一代男　②万葉集　③徒然草　④更級日記　⑤十六夜日記

問86『堤中納言物語』と同じジャンルの作品を①〜⑤から一つ選べ。
①夜の寝覚　②無名草子　③平治物語　④十六夜日記　⑤栄花物語

問87『とりかへばや物語』と同じジャンルのものを①〜⑤から一つ選べ。
①栄花物語　②大和物語　③保元物語　④とはずがたり　⑤夜の寝覚

問88『浜松中納言物語』の作者は『更級日記』の作者と同じ人物とする説が有力であるが、これが正しいとした場合、『浜松中納言物語』よりも前に成立した作品を①〜⑥から三つ選べ。
①十六夜日記　②蜻蛉日記　③源氏物語　④古今和歌集　⑤徒然草
⑥平家物語

問89「思はぬ方にとまりする少将」と同じ物語集には「虫めづる姫君」も収録されている。この短編物語集の名前を漢字で記せ。

（京都外国語大）
□④

（立正大）
□①

（神戸学院大）
□⑤

（早稲田大）
□②③④

（千葉大）
□堤中納言物語

25 □□

『栄《えい》花《が》物語』と『大《おお》鏡《かがみ》』は平安時代後期に成立した歴史物語。

チョイ足し

歴史物語は物語風に記された歴史書で、史実に基づく。『栄花物語』（『栄華物語』とも記す）が最初の作品で、前半の作者は赤染衛門《あかぞめえもん》（↓18）とも言われる。

26 □□

『栄花物語』は編年体《へんねんたい》、『大鏡』は紀伝体《きでんたい》で、藤原道長《ふじわらのみちなが》の栄華を中心に記す。

チョイ足し

編年体は歴史を年代順に記す。紀伝体は歴史を人物の伝記ごとに記す。

27 □□

『大鏡』は二人の老人が自らの見聞《けんぶん》を語って聞かせる対話形式。

チョイ足し

語り手の老人は二人とも二百歳に近い架空の人物で、名前は大宅世継《おおやけのよつぎ》と夏山繁樹《なつやまのしげき》。

28 □□

歴史物語の『大鏡』『今鏡《いまかがみ》』『水鏡《みずかがみ》』『増鏡《ますかがみ》』をまとめて四鏡《しきょう》という。

チョイ足し

『今鏡』の成立は平安時代後期、紀伝体。『水鏡』は鎌倉時代、編年体。『増鏡』は南北朝時代、編年体。扱う時代は『水鏡』が最も古く、以下『大鏡』『今鏡』『増鏡』の順。

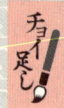

問90 『栄花物語』と同じジャンルの作品はどれか。①〜⑤から一つ選べ。
①源氏物語　②大鏡　③枕草子　④和泉式部日記　⑤平家物語

（東海大）
□ ②

問91 『栄花物語』と最も近い時期に成立した作品を①〜⑥から一つ選べ。
①宇治拾遺物語　②大鏡　③源氏物語　④竹取物語　⑤土佐日記
⑥方丈記

（國學院大）
□ ②

問92 『栄花物語』よりも前に成立した作品を①〜⑥から三つ選べ。
①伊勢物語　②宇津保物語　③新古今和歌集　④土佐日記
⑤とはずがたり　⑥方丈記

（早稲田大）
□ ①②④

問93 「赤染衛門」は、平安時代の代表的女性歌人であると同時に、編年体で書かれた日本で最初の歴史物語の、前半部分の作者であるといわれている。その歴史物語の題名を答えよ。

（琉球大）
□ 栄花物語（栄華物語）

問94 『栄華物語』は、藤原道長の栄華を描いた物語文学であるが、これとよく比較対照される「歴史物語」の作品名を書け。

（福井工業大）
□ 大鏡

問95 『大鏡』の属する文学ジャンルとして最も適当なものを①〜⑤から一つ選べ。
①紀行文学　②説話文学　③日記文学　④軍記物語　⑤歴史物語

（九州産業大）
□ ⑤

問96 『大鏡』と同じジャンル（部類）に属し、同時代の類似した内容をもつ作品を①～⑤から一つ選べ。

①源氏物語　②今昔物語集　③栄華物語　④増鏡　⑤宇治拾遺物語

（弘前学院大）
□③

問97 『大鏡』と最も関係の深い人物を①～⑤から一つ選べ。

①稗田阿礼　②清少納言　③藤原道長　④鴨長明　⑤藤原定家

（学習院大）
□③

問98 次の文は『大鏡』の説明である。空欄Ⅰ～Ⅳに入る最も適切な語をそれぞれ①～④から一つずつ選べ。

大鏡は［Ⅰ］時代に［Ⅱ］体で書かれた［Ⅲ］物語であり、［Ⅲ］物語には他に［Ⅳ］物語がある。

Ⅰ ①平安　②鎌倉　③南北朝　④室町
Ⅱ ①擬古文　②編年　③紀伝　④紀事本末
Ⅲ ①伝奇　②作り　③歌　④歴史
Ⅳ ①栄華　②源氏　③伊勢　④堤中納言

（名城大）
□Ⅰ ①
□Ⅱ ③
□Ⅲ ④
□Ⅳ ①

問99 二百歳に及ぶ老人の昔語りの形で書かれた歴史物語の作品名を①～⑤から選べ。

①大鏡　②古事記　③栄花物語　④平家物語　⑤神皇正統記

（國學院大）
□①

問100 『大鏡』と同じく紀伝体で書かれた歴史物語を①～⑤から一つ選べ。

①今鏡　②増鏡　③栄花物語　④神皇正統記

（日本大）
□①

✿問101 『今鏡』と同じジャンルの作品を①～⑤から一つ選べ。

①日本書紀　②吾妻鏡　③古今著聞集　④平家物語　⑤栄花物語

（法政大）
□ ⑤

問102 成立時期が『今鏡』に一番近い作品を①～⑤から一つ選べ。

①千載和歌集　②日本永代蔵　③出雲国風土記　④古今和歌集　⑤雨月物語

（東京女子大）
□ ①

✿問103 『増鏡』より先に成立した歴史物語を①～⑤から一つ選べ。

①方丈記　②太閤記　③宇津保物語　④栄花物語　⑤雨月物語

（青山学院大）
□ ④

問104 「四鏡」についての説明として誤っているものを①～④から一つ選べ。

①『大鏡』は、仮名書きによる最初の歴史物語で、道長を賛美する内容が紀伝体で書かれ、「四鏡」の中でも最高傑作の位置をしめている。

②『今鏡』は、整然とした紀伝体で書かれているが、内容が平板単調になってしまい、『大鏡』に比べると文学的評価は劣るとされている。

③『水鏡』は、それまでと異なる編年体を用いて書かれ、『大鏡』に扱われる以前の神武天皇から仁明天皇までの時代について描かれている。

④『増鏡』は、『水鏡』と同じ編年体を採用し、豊富な資料を基に公家側に立って風雅な宮廷社会を流麗な擬古文で描いている。

（神奈川大）
□ ①

29 □□ 『今昔物語集《こんじやくものがたりしゆう》』は平安時代後期に一千余りの説話《せつわ》を集大成した作品。

チョイ足し

各話が「今は昔」に始まることが書名の由来。天竺《てんじく》（インド）・震旦《しんたん》（中国）・本朝《ほんちよう》（日本）の三部から成る。説話は、口頭《こうとう》の伝承《でんしよう》を文章に記したもの。

30 □□ 『今昔物語集』以前には平安前期の仏教説話集『日本霊異記《にほんりよういき》』がある。

チョイ足し

仏教をテーマとする説話を仏教説話、その他を世俗《せぞく》説話という。

問105 『今昔物語集』の成立時期に最も近い時期に成立した作品を①～⑤から一つ選べ。

①更級日記　②平家物語　③日本霊異記　④徒然草　⑤伊勢物語

問106 『今昔物語集』と成立時期が最も近いものを①～⑥から一つ選べ。

①大和物語　②土佐日記　③千載和歌集　④宇治拾遺物語　⑤蜻蛉日記　⑥新古今和歌集

問107 『今昔物語集』とほぼ同時代に成立した作品を①～⑤から一つ選べ。

①日本霊異記　②宇津保物語　③大鏡　④徒然草　⑤菅家文草

（文教大）□ ①

（立命館大）□ ③

（西南学院大）□ ③

問108 次の文章の出典を①～④から一つ選べ。

今は昔、在原業平中将と云ふ人有りけり。世の好き者にてなむ有りける。しかるに、身を要無き者に思ひなして、「京には居らじ」と思ひとりて、「東の方に住むべき所や有る」とて行きけり。《中略》この業平はかやうにして和歌をいみじく読みけるとなむ語り伝へたるとや。

①大和物語　②伊勢物語　③今昔物語集　④古今著聞集

（明治大）
□ ③

問109 『今昔物語集』について述べたつぎの文章の空欄Ⅰ～Ⅴに入るべき最も適切な語句を漢字で書け。

『今昔物語集』は［Ⅰ］時代末期に成立した、［Ⅱ］文学の代表的作品である。「［Ⅲ］」（すなわちインド）の部、「震旦」（すなわち［Ⅳ］）の部、「［Ⅴ］」（すなわち日本）の部の三部から成り、これら三つの世界の話を集めている。

（小樽商科大）
□Ⅰ平安 □Ⅱ説話
□Ⅲ天竺 □Ⅳ中国
□Ⅴ本朝

✽**問110** 『今昔物語集』と同じジャンルの作品を①～④から一つ選べ。

①愚管抄　②徒然草　③今鏡　④日本霊異記

（南山大）
□ ④

✽**問111** 『日本霊異記』と同じジャンルのものを①～⑤から一つ選べ。

①伊勢物語　②今昔物語集　③平家物語　④太平記　⑤増鏡

（福井県立大）
□ ②

✽**問112** 説話類を収める説話集を①～⑤から一つ選べ。

①伊勢物語　②金槐集　③源氏物語　④千載集　⑤日本霊異記

（青山学院大）
□ ⑤

31 □□

『梁塵秘抄《りょうじんひしょう》』は平安時代末期に**後白河上皇《ごしらかわじょうこう》**が**今様《いまよう》**などを集めた歌謡集。

チョイ足し！

今様は平安時代中期から流行した新しい歌謡《かよう》。七五／七五／七五／七五という形式。

32 □□

『古来風体抄《こらいふうていしょう》』は平安時代後期を代表する歌人である**藤原俊成《ふじわらのしゅんぜい》**の**歌論《かろん》**。

チョイ足し！

藤原俊成は藤原定家《ふじわらのていか》（→35）の父親で、七番目の勅撰《ちょくせん》和歌集『千載《せんざい》和歌集』の撰者でもある（→9）。『古来風体抄』の成立は鎌倉《かまくら》時代初期。

33 □□

『山家集《さんかしゅう》』は平安時代末期に活躍した歌人の**西行《さいぎょう》**の歌を集めた**私家集《しかしゅう》**。

チョイ足し！

西行は『新古今《しんこきん》和歌集』（→34）の収録歌数が最多の歌人。私家集は個人の歌集のこと。

問113 「今様」の代表的な作品集を①～④から一つ選べ。

①閑吟集　②凌雲集　③梁塵秘抄　④新古今和歌集

（早稲田大）

□ ③

問114 『梁塵秘抄』と最もかかわりの深い人物を①～⑤から一つ選べ。

①白河上皇　②鳥羽上皇　③後白河上皇　④後鳥羽上皇　⑤崇徳上皇

（神戸女学院大）

□ ③

問115 次の文の空白部［Ⅰ］・［Ⅱ］に入る語をそれぞれ①～④から一つずつ選べ。

『古来風体抄』の著者は［Ⅰ］で『［Ⅱ］』の撰者でもある。

Ⅰ ①藤原定家 ②藤原俊成 ③藤原為家 ④藤原道長

Ⅱ ①新古今和歌集 ②詞花和歌集 ③金葉和歌集 ④千載和歌集

（日本大）

□Ⅰ ②
□Ⅱ ④

問116 『古来風体抄』の筆者とはどのような人物か。合致するものを①～④から一つ選べ。

①『金葉和歌集』の撰者である藤原顕輔の子で、『詞花和歌集』の撰者。
②『千載和歌集』の撰者である藤原俊成の師で、『金葉和歌集』の撰者。
③『新古今和歌集』の撰者の一人である藤原定家の父で、『千載和歌集』の撰者。
④『金槐和歌集』の撰者である源実朝とは兄弟で、『新古今和歌集』の撰者。

（明治大）

□③

問117 次の①～⑥の著作のうち、その内容が歌論に相当するものを一つ選べ。

①古今和歌集 ②猿蓑 ③古来風体抄 ④徒然草 ⑤山家集 ⑥風姿花伝

（法政大）

□③

問118 西行の歌を集めた家集の名前を漢字三文字で記せ。

（青山学院大）

□山家集

問119 一時期吉野に住み、花と月とをこよなく愛したことで知られる平安末期の歌人で、『新古今和歌集』に最も多くの和歌が採られた人物は誰か。①～⑤から一つ選べ。

①後醍醐天皇 ②西行 ③正徹 ④本居宣長 ⑤源実朝

（早稲田大）

□②

第2章 中世

鎌倉《かまくら》時代から室町《むろまち》時代までを中世《ちゅうせい》といいます。武士が政権を握《にぎ》った動乱の時代。説話・軍記物語・連歌《れんが》・能楽《のうがく》など、新しい時代を映す新しい文芸が盛んになります。

鎌倉時代

（一二〇〇）……（一三〇〇）

分野	作品・人物
和歌・歌論・連歌	古来風体抄《こらいふうていしょう》(32) 新古今和歌集《しんこきんわかしゅう》(8・34・35) 無名抄《むみょうしょう》(39)・近代秀歌《きんだいしゅうか》(35) 金槐和歌集《きんかいわかしゅう》(36)・毎月抄《まいげつしょう》(35) 建礼門院右京大夫集《けんれいもんいんうきょうのだいぶしゅう》(36) 新勅撰和歌集《しんちょくせんわかしゅう》(35) 百人一首《ひゃくにんいっしゅ》(35)
物語	住吉物語《すみよしものがたり》(11) 保元物語《ほうげんものがたり》(43) 平治物語《へいじものがたり》(43) 平家物語《へいけものがたり》(38・44) 源平盛衰記《げんぺいじょうすいき》(44)
歴史・説話	水鏡《みずかがみ》(28) 宇治拾遺物語《うじしゅういものがたり》(40) 発心集《ほっしんしゅう》(39・41) 愚管抄《ぐかんしょう》(46) 閑居友《かんきょのとも》(41) 今物語《いまものがたり》(42) 十訓抄《じっきんしょう》(42) 古今著聞集《ここんちょもんじゅう》(42) 撰集抄《せんじゅうしょう》(41) 沙石集《しゃせきしゅう》(41)
日記・随筆・評論	無名草子《むみょうぞうし》(39) 方丈記《ほうじょうき》(37・38) 明月記《めいげつき》(35) うたたね(47) 十六夜日記《いざよいにっき》(47) とはずがたり(48) 徒然草《つれづれぐさ》(38・49)
人物	藤原俊成《ふじわらのしゅんぜい》(9・32) 後鳥羽上皇《ごとばじょうこう》・藤原家隆《ふじわらのいえたか》(34) 鴨長明《かものちょうめい》(37・39・41)・藤原定家《ふじわらのていか》(35) 源実朝《みなもとのさねとも》(36) 慈円《じえん》（慈鎮《じちん》）(46) 橘成季《たちばなのなりすえ》(42) 阿仏尼《あぶつに》(47) 無住《むじゅう》(41) 後深草院二条《ごふかくさいんにじょう》(48) 吉田兼好《よしだけんこう》(49)

第1章◉古代
第2章◉中世
第3章◉近世
第4章◉総合
付録

室町時代（南北朝）

（一四〇〇）（一五〇〇）（一六〇〇）

菟玖波集《つくばしゅう》（50）
筑波問答《つくばもんどう》（50）
新撰菟玖波集《しんせんつくばしゅう》（50・51）
犬筑波集《いぬつくばしゅう》（50）

太平記《たいへいき》（45）
義経記《ぎけいき》（45）
曾我物語《そがものがたり》（45）

神皇正統記《じんのうしょうとうき》（46）
増鏡《ますかがみ》（28）

風姿花伝《ふうしかでん》（52）

世阿弥《ぜあみ》（52）
飯尾宗祇《いいおそうぎ》（51）

34 □□

『新古今和歌集《しんこきんわかしゅう》』は後鳥羽上皇《ごとばじょうこう》の命令で鎌倉《かまくら》初期に作られた勅撰和歌集《ちょくせんわかしゅう》。

チョイ足し

『新古今和歌集』は八番目の勅撰和歌集（↓8）。撰者《せんじゃ》は藤原定家《ふじわらのていか》・藤原家隆《ふじわらのいえたか》などの六人。

35 □□

藤原定家《ふじわらのていか》は『新古今和歌集《しんこきんわかしゅう》』の撰者《せんじゃ》の一人で、「百人一首《ひゃくにんいっしゅ》」も選んだ。

チョイ足し

藤原定家は藤原俊成《ふじわらのしゅんぜい》（↓32）の子。名前は「さだいえ」とも読む。『近代秀歌《きんだいしゅうか》』『毎月抄《まいげつしょう》』などの歌論《かろん》や、漢文の日記『明月記《めいげつき》』などの作品があるほか、古典の書写にも尽力《じんりょく》した。また、九番目の勅撰和歌集『新勅撰和歌集《しんちょくせんわかしゅう》』の撰者でもある。

36 □□

『金槐和歌集《きんかいわかしゅう》』『建礼門院右京大夫集《けんれいもんいんうきょうのだいぶしゅう》』は『新古今』と同時代の私家集《しかしゅう》。

チョイ足し

『金槐和歌集』は鎌倉幕府三代将軍　源　実朝《みなもとのさねとも》の歌集。万葉《まんよう》調の歌風《かふう》。『建礼門院右京大夫集』は平　資盛《たいらのすけもり》の恋人だった右京大夫の日記的歌集で「もう一つの平家《へいけ》」と言われる。

問120 次の①～⑤の用語の中で、『新古今和歌集』が含まれるものを一つ選べ。

①三代集　②私家集　③私撰集　④勅撰集　⑤歌合

（同志社女子大）　□ ④

問121 『新古今和歌集』について、(1)その成立の時代はいつか、また、(2)その撰進を命じた人物は誰か。次の各群の①～⑤から一つずつ選べ。

(1)　①平安時代　②奈良時代　③江戸時代　④室町時代　⑤鎌倉時代

(2)　①藤原道長　②後鳥羽上皇　③源実朝　④平清盛　⑤後白河法皇

（神戸女子大）　□(1) ⑤　□(2) ②

問122 後鳥羽院が編纂を命じた勅撰和歌集と、その撰者の一人の組み合わせとして最も適当と思われるものを①～⑤から一つ選べ。

①古今和歌集・紀貫之　②古今和歌集・藤原定家　③千載和歌集・藤原俊成

④新古今和歌集・紀貫之　⑤新古今和歌集・藤原定家

（南山大）　□ ⑤

問123 『新古今和歌集』に関する説明として正しいものを①～⑤から一つ選べ。

①藤原定家は撰者の一人である。

②代表的な歌人に山上憶良がいる。

③最初の勅撰和歌集である。

④醍醐天皇の命によりつくられた。

⑤平安時代に完成した作品である。

（成蹊大）　□ ①

問124 新古今和歌集の撰者を①～⑤から一つ選べ。

①二条良基　②藤原家隆　③西行　④源実朝　⑤平忠度

（明治大）　□ ②

✿問125 「百人一首」の撰者といわれる人物を①～④から一つ選べ。
①菅原道真　②源実朝　③藤原定家　④在原業平

✿問126 『たまきはる』の作者である健御前の弟は、『新古今和歌集』の編纂や『小倉百人一首』の選定などで知られる鎌倉時代初期の著名な歌人である。その歌人の名を漢字で書け。

問127 藤原定家と直接には関係のない作品を①～⑤から一つ選べ。
①明月記　②新古今和歌集　③小倉百人一首　④山家集　⑤松浦宮物語

問128 「定家」の説明として正しくないものを①～⑥から二つ選べ。
①『新古今和歌集』の撰者である。
②『新勅撰和歌集』の撰者である。
③『源氏物語』を書写した。
④『愚管抄』の作者である。
⑤冷泉家の祖先である。
⑥子息に藤原俊成がいる。

問129 藤原定家の「亡父卿」とは誰か、名を漢字で書け。

問130 『新古今和歌集』の撰者であった定家と同時代ではない歌人を①～⑤から一つ選べ。
①西行　②慈円　③式子内親王　④凡河内躬恒　⑤後鳥羽院

（青山学院大）
□③

（琉球大）
□藤原定家

（国士舘大）
□④

（尾道市立大）
□④⑥

（愛知教育大）
□藤原俊成

（京都女子大）
□④

問131 勅撰和歌集ではない歌集を①〜⑤から一つ選べ。
①千載和歌集 ②後撰和歌集 ③古今和歌集 ④金槐和歌集 ⑤新古今和歌集

問132 個人の和歌を集めた私家集を①〜⑤から一つ選べ。
①沙石集 ②閑吟集 ③菟玖波集 ④金槐和歌集 ⑤詞花和歌集

問133 実朝の歌集名は何か。①〜⑤から一つ選べ。
①山家集 ②千載和歌集 ③金槐和歌集 ④詞花和歌集 ⑤金葉和歌集

問134 「宮内の少輔伊行《せうこれゆき》」は、現存する最古の『源氏物語』注釈書である『源氏釈』を著した人物として知られるが、その女《むすめ》の一人は、高倉天皇の中宮に仕え、平家の公達の一人と恋愛し、後には後鳥羽天皇にも仕えた女房歌人であった。この歌人として著名な伊行の女の名を①〜⑤から一つ選べ。
①阿仏尼 ②和泉式部 ③右京大夫 ④讃岐典侍 ⑤六条御息所

問135 『建礼門院右京大夫集』と成立の時代が近い作品を、①〜⑦から二つ選べ。
①栄花物語 ②蜻蛉日記 ③山家集 ④世間胸算用 ⑤曾根崎心中
⑥方丈記 ⑦大和物語

問131（法政大） ☐④
問132（法政大） ☐④
問133（立正大） ☐③
問134（早稲田大） ☐③
問135（三重大） ☐③⑥

37 □□

『方丈記《ほうじょうき》』は鎌倉時代初期の随筆《ずいひつ》。作者は鴨長明《かものちょうめい》。

チョイ足し

『新古今和歌集』と同時期の作品。和漢混淆文《わかんこんこうぶん》（↓43）。

38 □□

無常観《むじょうかん》といえば随筆『方丈記《ほうじょうき》』『徒然草《つれづれぐさ》』と軍記物語『平家物語《へいけ》』。

チョイ足し

無常観《むじょうかん》とは、すべての物は定めなく変化するという、仏教の教えに基づいた考え方。『徒然草』（↓49）。『平家物語』（↓44）。

39 □□

鴨長明の作品には仏教説話集の『発心集《ほっしんしゅう》』、歌論の『無名抄《むみょうしょう》』もある。

チョイ足し

『無名抄』を同時代の評論『無名草子《むみょうぞうし》』と混同しないこと。

問136 『方丈記』の作者を①～⑤から一つ選べ。

①紀貫之　②吉田兼好　③近松門左衛門　④藤原頼長　⑤鴨長明

（名城大）

□ ⑤

問137 『方丈記』と同じジャンルの作品を①～⑤から一つ選べ。

①太平記　②蜻蛉日記　③本朝文粋　④枕草子　⑤性霊集

（相模女子大）

□ ④

問138 『方丈記』と同じ時代の作品を①～⑤から一つ選べ。
①更級日記 ②新古今和歌集 ③玉勝間 ④文華秀麗集 ⑤伊曾保物語

問139 「無常観」がよく表れた、日本の中世における代表的な文学作品のタイトルを、二つ記せ。

問140 『発心集』の編者は『方丈記』の筆者でもある。この人の名前を①～⑤から一つ選べ。
①兼好法師 ②無住 ③鴨長明 ④井原西鶴 ⑤後鳥羽天皇

問141 『発心集』は、鴨長明が成立に深くかかわったとされる仏教説話集である。鴨長明の作品とほぼ同時代に成立したものを、①～⑧から二つ選べ。
①菅家文草 ②金槐和歌集 ③更級日記 ④太平記 ⑤和漢朗詠集
⑥神皇正統記 ⑦新古今和歌集 ⑧風姿花伝

問142 『無名抄』の作者として正しいものを①～⑤から一つ選べ。
①藤原定家 ②紫式部 ③鴨長明 ④吉田兼好 ⑤世阿弥

問143 『無名抄』の筆者の著した作品を①～⑤から一つ選べ。
①徒然草 ②方丈記 ③建礼門院右京大夫集 ④毎月抄 ⑤新撰髄脳

問144 『無名草子』は一二〇〇年頃に成立した物語評論書であるが、この頃編まれた勅撰和歌集名を漢字で記せ。

(立教大) □②

(福井県立大) □方丈記・徒然草・平家物語のうち二つ

(千葉大) □③

(三重大) □②⑦

(京都外国語大) □③

(清泉女子大) □②

(西南学院大) □新古今和歌集

40 □□
『宇治拾遺物語《うじしゅういものがたり》』は鎌倉時代初期に成立した説話《せつわ》集。

チョイ足し
後代に最も流布《るふ》した説話集。仏教説話と世俗説話（↓30）をともに収める。

41 □□
鎌倉時代の仏教説話集は鴨長明《かものちょうめい》の『発心集《ほっしんしゅう》』と無住《むじゅう》の『沙石集《しゃせきしゅう》』。

チョイ足し
『発心集』は鎌倉時代初期の成立。『沙石集』は鎌倉時代後期の成立。鎌倉時代の仏教説話集としては他に『閑居友《かんきよのとも》』『撰集抄《せんじゅうしょう》』もある。

42 □□
鎌倉時代の世俗説話集は『十訓抄《じっきんしょう》』と橘成季《たちばなのなりすえ》の『古今著聞集《ここんちょもんじゅう》』。

チョイ足し
どちらも鎌倉時代中期の成立。鎌倉時代の世俗説話集としては他に『今物語《いまものがたり》』もある。

問145 『宇治拾遺物語』は、日本文学史上の分類からしてどの分野に入る作品なのか。①～⑤から一つ選べ。

①説話集　②歴史物語集　③戦記物語集　④随筆集　⑤和歌集

（高崎経済大）

□ ①

問146 『宇治拾遺物語』とは異なるジャンルに属する作品を①～⑤から一つ選べ。
①古今著聞集 ②十訓抄 ③今昔物語集 ④梁塵秘抄 ⑤沙石集
（埼玉大）
□ ④

問147 次の文の空白部Ⅰ・Ⅱに入る作品名を、それぞれ①～④から一つずつ選べ。
『宇治拾遺物語』は、十三世紀前半に成立し、『［Ⅰ］』・『古事談』などと同様の説話集である。ほぼ同時代に成立した『［Ⅱ］』は変転する時代の様相を活写し、草庵生活を賞揚した作品として知られ、それぞれ後世の文芸作品にも多様な影響を及ぼした。
Ⅰ ①大和物語 ②栄花物語 ③大鏡 ④今昔物語集
Ⅱ ①更級日記 ②方丈記 ③徒然草 ④十六夜日記
（日本大）
□ Ⅰ ④
□ Ⅱ ②

問148 『宇治拾遺物語』と同じ時代の作品はどれか。①～⑤から一つ選べ。
①伊曾保物語 ②雨月物語 ③宇津保物語 ④古今著聞集 ⑤今昔物語集
（清泉女子大）
□ ④

問149 『沙石集』と同じジャンルに属する作品を①～⑤から一つ選べ。
①山家集 ②大和物語 ③栄華物語 ④宇治拾遺物語 ⑤徒然草
（東京女子大）
□ ④

問150 『沙石集』と同じ時代の作品を①～⑤から一つ選べ。
①若菜集 ②今昔物語集 ③古今和歌集 ④万葉集 ⑤金槐和歌集
（聖心女子大）
□ ⑤

問151 『沙石集』の著者は誰か。①～⑤から一つ選べ。
①道元 ②一休宗純 ③景戒 ④西行 ⑤無住
（神戸大）
□ ⑤

✿問152 『沙石集』と同じジャンルのものを①～⑤から一つ選べ。
①日本霊異記 ②菟玖波集 ③愚管抄 ④明月記 ⑤無名抄
（明治大）
□ ①

問153 『閑居友』の成立した時代として適切なものを①～⑤から一つ選べ。
①奈良時代 ②平安時代 ③鎌倉時代 ④室町時代 ⑤江戸時代
（愛知学院大）
□ ③

問154 『閑居友』は中世の仏教説話集である。同じ中世の仏教説話集を①～⑤から一つ選べ。
①沙石集 ②山家集 ③愚管抄 ④古事記 ⑤義経記
（南山大）
□ ①

問155 『撰集抄』は西行の著作の体裁をとる鎌倉時代成立の仏教説話集である。西行の作品を①～⑤から一つ選べ。
①沙石集 ②山家集 ③金槐和歌集 ④日本霊異記 ⑤梁塵秘抄
（佛教大）
□ ②

✿問156 『十訓抄』の成立した時代として正しいものを①～⑤から一つ選べ。
①奈良時代 ②平安時代 ③鎌倉時代 ④室町時代 ⑤江戸時代
（法政大）
□ ③

✿問157 『十訓抄』と同時代に成立したものを①～⑤から一つ選べ。
①源氏物語 ②今昔物語集 ③新古今和歌集 ④雨月物語 ⑤風姿花伝
（千葉大）
□ ③

✿問158 『十訓抄』と同じジャンルに属する作品を①～⑥から一つ選べ。
①太平記 ②方丈記 ③愚管抄 ④歎異抄 ⑤宇治拾遺物語
⑥宇津保物語
（学習院大）
□ ⑤

問159 『古今著聞集』はどの時代に成立した作品か。①〜⑤から一つ選べ。
①奈良時代　②平安時代　③鎌倉時代　④室町時代　⑤江戸時代
（法政大）
□ ③

問160 『古今著聞集』と同じ鎌倉時代成立の作品を①〜⑩から二つ選べ。
①古今和歌集　②新古今和歌集　③拾遺和歌集　④太平記　⑤風姿花伝
⑥今昔物語集　⑦源氏物語　⑧方丈記　⑨枕草子　⑩土佐日記
（岐阜大）
□ ②⑧

問161 『古今著聞集』と同じジャンルの作品として適切なものを①〜⑥から一つ選べ。
①堤中納言物語　②無名草子　③愚管抄　④とはずがたり
⑤宇治拾遺物語　⑥平家物語
（神戸学院大）
□ ⑤

問162 『古今著聞集』の編者を①〜⑥から一つ選べ。
①西行　②慈円　③鴨長明　④平康頼　⑤橘成季　⑥北畠親房
（法政大）
□ ⑤

問163 『今物語』と同じジャンルの作品を①〜⑩から二つ選べ。
①竹取物語　②伊勢物語　③平家物語　④堤中納言物語　⑤十訓抄
⑥平中物語　⑦方丈記　⑧八雲御抄　⑨梁塵秘抄　⑩古今著聞集
（弘前大）
□ ⑤⑩

問164 『今物語』は鎌倉時代に成立した説話集である。同じ時代に成立した同じジャンルの作品を①〜⑥から一つ選べ。
①徒然草　②今昔物語集　③雨月物語　④古今著聞集　⑤大和物語　⑥醒睡笑
（上智大）
□ ④

43 □□

『保元《ほうげん》物語』『平治《へいじ》物語』は鎌倉《かまくら》時代初期に成立した軍記《ぐんき》物語。

チョイ足し！

『保元物語』『平治物語』は平安時代末期の保元の乱と平治の乱をそれぞれ扱う姉妹編。どちらも和漢混淆文《わかんこんこうぶん》（和文と漢文訓読《くんどく》文の要素を併《あわ》せ持つ文体）。

44 □□

『平家《へいけ》物語』も鎌倉《かまくら》時代初期に成立した軍記《ぐんき》物語。

チョイ足し！

作者未詳。『徒然草《つれづれぐさ》』（↓49）では信濃前司行長《しなののぜんじゆきなが》の作とする。琵琶法師《びわほうし》が琵琶《びわ》の演奏に合わせて語り広めた。和漢混淆文《わかんこんこうぶん》。無常観《むじょうかん》（↓38）。『源平盛衰記《げんぺいじょうすいき》』は『平家物語』の異本《いほん》。

45 □□

『太平記《たいへいき》』は室町《むろまち》時代初期に成立した軍記《ぐんき》物語。

チョイ足し！

南北朝《なんぼくちょう》の内乱を扱う。和漢混淆文《わかんこんこうぶん》。室町時代の軍記物語は『義経記《ぎけいき》』『曾我《そが》物語』もある。

46 □□

『愚管抄《ぐかんしょう》』は鎌倉《かまくら》時代初期に慈円《じえん》（慈鎮《じちん》）が書いた史論書《しろんしょ》。

チョイ足し！

史論書には他に南北朝時代の『神皇正統記《じんのうしょうとうき》』もある。

問165 『保元物語』と最も近い時期に成立した作品を①～⑤から一つ選べ。
①平治物語 ②将門記 ③太平記 ④義経記 ⑤曾我物語
（文教大）
□ ①

問166 『平治物語』と同じジャンルの古典文学作品を①～⑤から一つ選べ。
①太平記 ②明月記 ③方丈記 ④神皇正統記 ⑤古事記
（神戸大）
□ ①

問167 『平家物語』と同時代に成立した文学作品を①～⑤から一つ選べ。
①宇津保物語 ②栄花物語 ③宇治拾遺物語 ④伊勢物語 ⑤源氏物語
（金城学院大）
□ ③

問168 『平家物語』の属するジャンル（種類）として適当なものを①～⑤から一つ選べ。
①浮世草子 ②歴史物語 ③軍記物語 ④歌物語 ⑤御伽草子
（岐阜大）
□ ③

問169 『平家物語』と同じく軍記物語である作品を①～⑤から一つ選べ。
①栄花物語 ②古事談 ③平中物語 ④保元物語 ⑤椿説弓張月
（専修大）
□ ④

問170 『平家物語』と同じジャンルの作品を①～⑤から一つ選べ。
①太平記 ②増鏡 ③古今著聞集 ④沙石集 ⑤無名抄
（明治大）
□ ①

問171 『平家物語』の作者は未詳とされているが、『徒然草』にその作者として記されている名前を①～④から一つ選べ。
①小島法師 ②今川了俊 ③信濃前司行長 ④世継の翁
（日本大）
□ ③

問172 『平家物語』はある楽器の伴奏で語られることが多かった。この楽器は何か、最も適当なものを①～④から一つ選べ。

①横笛　②笙　③琵琶　④琴

問173 次の文の空白部Ⅰ～Ⅲに入る作品を、それぞれ①～④から一つずつ選べ。

『平家物語』は『［Ⅰ］』や『［Ⅱ］』と同じ軍記物語で、『［Ⅲ］』と同じく和漢混淆文を基調として書かれている。

Ⅰ　①増鏡　②栄花物語　③保元物語　④無名抄
Ⅱ　①太平記　②国性爺合戦　③十訓抄　④懐風藻
Ⅲ　①枕草子　②土佐日記　③竹取物語　④方丈記

問174 源義経と最も関係の深い著述を①～⑤から一つ選べ。

①大鏡　②平家物語　③今昔物語集　④日本書紀　⑤太平記

問175 『源平盛衰記』と同じジャンルに属する作品を①～④から一つ選べ。

①土佐日記　②日本霊異記　③太平記　④神皇正統記

✻問176 『太平記』と同じジャンルの作品はどれか。①～⑤から一つ選べ。

①大鏡　②栄華物語　③保元物語　④古今著聞集　⑤宇治拾遺物語

（神戸親和女子大）
□③

（日本大）
□Ⅰ③
□Ⅱ①
□Ⅲ④

（学習院大）
□②

（龍谷大）
□③

（中京大）
□③

問177 次の①〜⑨の諸作品の中から、室町時代の代表的な軍記物語を二つ選べ。

①愚管抄 ②平家物語 ③平治物語 ④将門記 ⑤保元物語
⑥義経記 ⑦曾我物語 ⑧南総里見八犬伝 ⑨大鏡

（日本大）□ ⑥⑦

問178 『義経記』と同じジャンルに属する作品を①〜⑤から一つ選べ。

①幻住庵記 ②海道記 ③方丈記 ④武道伝来記 ⑤太平記

（二松學舍大）□ ⑤

問179 『曾我物語』と同じジャンルに属さないものを①〜④から一つ選べ。

①平中物語 ②太平記 ③平治物語 ④平家物語

（神奈川大）□ ①

✽問180 次の①〜⑥の諸作品の中から軍記物語でないものを一つ選べ。

①義経記 ②平家物語 ③保元物語 ④宇治拾遺物語 ⑤太平記
⑥曾我物語

（日本大）□ ④

✽問181 慈鎮和尚の作品を①〜④から一つ選べ。

①後拾遺和歌集 ②風姿花伝 ③愚管抄 ④笈の小文

（龍谷大）□ ③

問182 十四世紀に成立した作品ではないものを①〜⑤から一つ選べ。

①太平記 ②徒然草 ③風雅和歌集 ④愚管抄 ⑤神皇正統記

（明治大）□ ④

47 □□ 『十六夜《いざよい》日記』は鎌倉時代中期の日記・紀行《きこう》。作者は阿仏尼《あぶつに》。

チョイ足し 訴訟《そしょう》のために京《きょう》から鎌倉へ下る紀行が主な内容。阿仏尼の作品には、若い頃の失恋の回想を記した『うたたね』もある。

48 □□ 『とはずがたり』は鎌倉時代後期の日記。作者は後深草院二条《ごふかくさいんにじょう》。

チョイ足し 前半は女房《にょうぼう》としての宮仕《みやづか》え生活、後半は出家《しゅっけ》後の紀行が主な内容。

49 □□ 『徒然草《つれづれぐさ》』は鎌倉時代末期の随筆《ずいひつ》。作者は吉田兼好《よしだけんこう》。

チョイ足し 鎌倉時代終了直前の一三三一年頃成立。吉田兼好は兼好法師《けんこうほうし》ともいう。無常観《むじょうかん》（↓38）。

問183 次の①～④の日記文学作品の中から、鎌倉時代に成立したものを一つ選べ。

①十六夜日記　②土佐日記　③紫式部日記　④更級日記

（福井大）

□ ①

問184 阿仏尼の著作として最も適当と思われるものを①～④から一つ選べ。

①蜻蛉日記　②夜の寝覚　③更級日記　④十六夜日記

（南山大）

□ ④

✿問185 『とはずがたり』と同時代の作品を①～⑤から一つ選べ。

①十六夜日記　②日本霊異記　③夜半の寝覚　④古事記伝　⑤ささめごと

（神戸学院大）　□ ①

問186 『とはずがたり』を読むと、作者が各地を旅して回ったことが知られるが、①～④から、自分（作者）の旅の記述を含まないものを一つ選べ。

①紫式部日記　②更級日記　③海道記　④笈の小文

（龍谷大）　□ ①

✿問187 『とはずがたり』よりも前に成立した作品を①～⑥から二つ選べ。

①伊勢物語　②春雨物語　③太平記　④野ざらし紀行　⑤風姿花伝
⑥新古今和歌集

（早稲田大）　□ ①⑥

✿問188 『徒然草』の著者を①～⑤から一つ選べ。

①藤原定家　②紀貫之　③清少納言　④鴨長明　⑤吉田兼好

（工学院大）　□ ⑤

✿問189 『徒然草』と同じジャンルに分類される作品を①～⑤から一つ選べ。

①方丈記　②奥の細道　③更級日記　④大鏡　⑤世間胸算用

（静岡大）　□ ①

問190 『徒然草』は何世紀に書かれた作品か、①～⑥から一つ選べ。

①十一世紀　②十二世紀　③十三世紀　④十四世紀　⑤十五世紀　⑥十六世紀

（法政大）　□ ④

問191 次の①～④を、成立の古いものから順に並べよ。

①徒然草　②方丈記　③枕草子　④折たく柴の記

（千葉大）　□ ③②①④

50 □□

『菟《つ》玖《く》波《ば》集』『新《しん》撰《せん》菟《つ》玖《く》波《ば》集』など「**ツクバ**」と言えば**連《れん》歌《が》**の本。

チョイ足し

『菟玖波集』は南北朝時代の連歌集。『新撰菟玖波集』は室《むろ》町《まち》時代の連歌集。他に南北朝時代の連歌論『筑《つく》波《ば》問《もん》答《どう》』、室町時代の連歌集『犬《いぬ》筑《つく》波《ば》集』などもある。

51 □□

室《むろ》町《まち》時代に**飯《いい》尾《お》宗《そう》祇《ぎ》**が**連歌**を完成させた。

チョイ足し

『新撰菟玖波集』は宗祇が編纂した。

52 □□

室町時代に**能《のう》楽《がく》**を完成させた**世《ぜ》阿《あ》弥《み》**は能楽論『**風《ふう》姿《し》花《か》伝《でん》**』を著《あらわ》した。

チョイ足し

能楽は舞《まい》と歌による仮《か》面《めん》演《えん》劇《げき》。「能《のう》」ともいう。世阿弥は室町幕府三代将軍足《あし》利《かが》義《よし》満《みつ》の保護のもとに能楽を大成した。能楽の台本を謡《よう》曲《きょく》という。

問192 連歌の作品集は①～⑤のどれか。一つ選べ。（南山大）

①梁塵秘抄 ②新古今和歌集 ③菟玖波集 ④閑吟集 ⑤落葉集

□ ③

問193 次の①～⑤から連歌集を一つ選べ。
①古今著聞集　②梁塵秘抄　③新撰菟玖波集　④千載和歌集　⑤山家集

問194 連歌に最も関係が深い作品を①～⑤から一つ選べ。
①大鏡　②筑波問答　③和漢朗詠集　④おらが春　⑤梁塵秘抄

問195 「宗祇」に関わるジャンルとして最も適切なものを①～⑤から一つ選べ。
①俳句　②能楽　③今様　④催馬楽　⑤連歌

問196 『風姿花伝』の作者として正しいものを①～④から一つ選べ。
①観阿弥　②世阿弥　③能阿弥　④善阿弥

問197 謡曲『通小町』は観阿弥・世阿弥父子が作者として成立に関与したと言われている。このふたりに関係の深い作品を①～④から一つ選べ。
①無名草子　②無名抄　③風姿花伝　④ささめごと

問198 世阿弥が活躍した時代と、彼と直接関係のある人物を①～⑩から一つずつ選べ。
①平安時代　②鎌倉時代　③室町時代　④安土桃山時代　⑤江戸時代
⑥藤原道長　⑦源頼朝　⑧足利義満　⑨豊臣秀吉　⑩徳川家康

(静岡大) □ ③
(法政大) □ ②
(早稲田大) □ ⑤
(明治大) □ ②
(上智大) □ ③
(名古屋女子大) □ ③⑧

第3章

近世

江戸《えど》時代を近世《きんせい》といいます。豊かになった町人《ちょうにん》たちが文化の担い手。浮世草子《うきよぞうし》や浄瑠璃《じょうるり》・俳諧《はいかい》・読本《よみほん》など、庶民《しょみん》的な文学が発展します。

期	江戸前期
	（一六〇三）　…　（一七〇〇）
俳諧	野《の》ざらし紀行《きこう》(58) 笈《おい》の小文《こぶみ》・更科紀行《さらしなきこう》(58) **おくのほそ道《みち》**(58) 猿蓑《さるみの》(58) **去来抄《きょらいしょう》**(60)・**三冊子《さんぞうし》**(60)
小説	伊曾保物語《いそほものがたり》(53) **好色一代男《こうしょくいちだいおとこ》**(54) 好色五人女《こうしょくごにんおんな》(55) 武道伝来記《ぶどうでんらいき》(55) **日本永代蔵《にほんえいたいぐら》**(55) 武家義理物語《ぶけぎりものがたり》(55) **世間胸算用《せけんむなざんよう》**(55)
国学・随筆	万葉代匠記《まんようだいしょうき》(65) **折《おり》たく柴《しば》の記《き》**(63・64)
人形浄瑠璃	**曾根崎心中《そねざきしんじゅう》**(57) 冥途《めいど》の飛脚《ひきゃく》(57) **国性爺合戦《こくせんやかっせん》**(57) 心中天網島《しんじゅうてんのあみじま》(57)
人物	**契沖《けいちゅう》**(65) **井原西鶴《いはらさいかく》**(54～56) **松尾芭蕉《まつおばしょう》**(56・58) **近松門左衛門《ちかまつもんざえもん》**(56) **向井去来《むかいきょらい》**(60)・服部土芳《はっとりとほう》(60) **新井白石《あらいはくせき》**(63) 荻生徂徠《おぎゅうそらい》(63)

江戸中期	江戸後期
	（一八〇〇） （一八六七）
新花摘《しんはなつみ》(61) 鶉衣《うずらごろも》(61)	おらが春《はる》(62)
雨月物語《うげつものがたり》(68)	東海道中膝栗毛《とうかいどうちゅうひざくりげ》(70) 春雨物語《はるさめものがたり》(68) 南総里見八犬伝《なんそうさとみはっけんでん》(70)
石上私淑言《いそのかみのささめごと》(66) 古事記伝《こじきでん》(66) 源氏物語玉の小櫛《げんじものがたりたまのおぐし》(66)	玉勝間《たまかつま》(64・66) 花月草紙《かげつそうし》(64)
賀茂真淵《かものまぶち》(65) 与謝蕪村《よさぶそん》(61・69)・横井也有《よこいやゆう》(61) 本居宣長《もとおりのりなが》(64・65〜67・69) 上田秋成《うえだあきなり》(68・69)	十返舎一九《じっぺんしゃいっく》(70) 小林一茶《こばやしいっさ》(62)・松平定信《まつだいらさだのぶ》(64) 滝沢馬琴《たきざわばきん》(70) 平田篤胤《ひらたあつたね》(65)

53 □□
室町《むろまち》時代の御伽草子《おとぎぞうし》の流れを受け、江戸《えど》初期に仮名草子《かなぞうし》が書かれる。

チョイ足し
庶民《しょみん》を対象とした娯楽《ごらく》・啓蒙《けいもう》の読み物。御伽草子では「一寸法師《いっすんぼうし》」「鉢《はち》かづき」などが有名。仮名草子では『伊曾保物語《いそほものがたり》』などが有名。

54 □□
仮名草子《かなぞうし》に続く井原西鶴《いはらさいかく》『好色一代男《こうしょくいちだいおとこ》』以降の小説類を浮世草子《うきよぞうし》という。

チョイ足し
井原西鶴は十七世紀後半の元禄《げんろく》文学（↓56）を代表する人物。もとは俳諧師《はいかいし》。

55 □□
井原西鶴《いはらさいかく》の浮世草子《うきよぞうし》には『日本永代蔵《にほんえいたいぐら》』『世間胸算用《せけんむなざんよう》』もある。

チョイ足し
他に『好色五人女《こうしょくごにんおんな》』『武道伝来記《ぶどうでんらいき》』『武家義理物語《ぶけぎりものがたり》』などもある。

問199 『鉢かづき』（御伽草子）と成立が最も近い作品はどれか。①～④から一つ選べ。（日本大）
①落窪物語　②太平記　③雨月物語　④古事記

問200 『一休ばなし』のような教訓または寓話からなる短編集を①～⑤から一つ選べ。（関西学院大）
①栄花物語　②伊勢物語　③源平盛衰記　④大鏡　⑤伊曾保物語

□②
□⑤

問201 『浮世物語』は、江戸時代初期に啓蒙・教訓・娯楽を旨として制作された作品である。同類の作品には、『竹斎』、『仁勢物語』、『東海道名所記』、『薄雪物語』などがある。(1)このような物語（草子）の一群（ジャンル）を文学史では何というか、その名称を記せ。また、この物語（草子）群を中に挟んで、(2)それ以前、室町時代に盛行した物語（草子）群、(3)およびそれ以後、江戸中期にかけて盛んになった物語（草子）群の名称を記せ。

（九州大）
□(1)仮名草子
□(2)御伽草子
□(3)浮世草子

問202 仮名草子『伊曾保物語』より作品の成立時期の遅いものを①～⑤から一つ選べ。

①好色一代男　②住吉物語　③曾我物語　④海道記　⑤古今著聞集

（明治大）
□①

問203 井原西鶴は何世紀に活躍した人か、最適なものを①～⑤から一つ選べ。

①十五世紀　②十六世紀　③十七世紀　④十八世紀　⑤十九世紀

（青山学院大）
□③

問204 井原西鶴の作品を①～⑤から一つ選べ。

①雨月物語　②風姿花伝　③冥途の飛脚　④笈の小文　⑤世間胸算用

（宮崎大）
□⑤

問205 『日本永代蔵』の作者である井原西鶴の作品ではないものを①～④から一つ選べ。

①好色五人女　②好色一代男　③世間胸算用　④曾根崎心中

（学習院大）
□④

問206 『武家義理物語』の作者の名前を①～⑤から一つ選べ。

①浅井了意　②井原西鶴　③近松門左衛門　④上田秋成　⑤曲亭馬琴

（京都女子大）
□②

56 □□

元禄文学《げんろくぶんがく》を代表するのは**井原西鶴《いはらさいかく》・松尾芭蕉《まつおばしょう》・近松門左衛門《ちかまつもんざえもん》**。

チョイ足し

元禄文学は江戸《えど》時代前期（十七世紀後半〜十八世紀初頭）に上方《かみがた》（京都・大阪）で発達した町人《ちょうにん》文学。

57 □□

近松門左衛門《ちかまつもんざえもん》の作品には**『曾根崎心中《そねざきしんじゅう》』『国性爺合戦《こくせんやかっせん》』**などがある。

チョイ足し

近松門左衛門の作品は人形浄瑠璃《にんぎょうじょうるり》（三味線《しゃみせん》の伴奏《ばんそう》を伴う語《かた》りに合わせて人形を操《あやつ》る人形芝居《しばい》）の脚本《きゃくほん》。他に『冥途《めいど》の飛脚《ひきゃく》』『心中天網島《しんじゅうてんのあみじま》』などもある。

問207 「元禄時代」に活躍した人物を①〜⑤から一つ選べ。

①井原西鶴　②上田秋成　③本居宣長　④小林一茶　⑤与謝蕪村

（福岡大）

□ ①

問208 「西鶴」とともに元禄文学を代表する人物を①〜⑤から一つ選べ。

①秋成　②兼好　③長明　④西行　⑤近松

（金城学院大）

□ ⑤

問209 松尾芭蕉が活躍したのはいつ頃の時代か。①〜⑤から一つ選べ。

①安土桃山時代　②慶長年間　③元禄時代　④文化文政時代　⑤幕末期

（愛知学院大）

□ ③

✽問210 芭蕉と最も近い時代の文学者を①〜⑤から一つ選べ。

①二葉亭四迷　②十返舎一九　③近松門左衛門　④上田秋成　⑤滝沢馬琴

（国士舘大）

□ ③

✽問211 次の文中の空欄Ⅰ〜Ⅲに入る最も適切な語を①〜⑧からそれぞれ一つずつ選べ。

近世の前期は、上方、すなわち現在の大阪を中心とした［Ⅰ］文化が花開いた時期で、浄瑠璃・歌舞伎の台本作者としては［Ⅱ］、俳諧では［Ⅲ］などが活躍した。

①寛政　②享保　③元禄　④化政　⑤鶴屋南北　⑥小林一茶　⑦松尾芭蕉　⑧近松門左衛門

（花園大）

□ Ⅰ ③
□ Ⅱ ⑧
□ Ⅲ ⑦

✽問212 人形浄瑠璃の作品『国性爺合戦』の作者を①〜④から一つ選べ。

①近松門左衛門　②十返舎一九　③竹本義太夫　④鶴屋南北

（日本大）

□ ①

✽問213 江戸時代に実際に起こった事件を脚色した近松門左衛門の浄瑠璃を①〜⑥から一つ選べ。

①浮世床　②雨月物語　③世間胸算用　④曾根崎心中　⑤東海道四谷怪談　⑥仮名手本忠臣蔵

（立命館大）

□ ④

問214 近松門左衛門の作品でないものを①〜⑤から一つ選べ。

①心中天の網島　②冥途の飛脚　③仮名手本忠臣蔵　④曾根崎心中　⑤国性爺合戦

（南山大）

□ ③

58 □□

『**おくのほそ道《みち》**』は江戸時代前期の**松尾芭蕉《まつおばしょう》**の代表的な紀行《きこう》。

チョイ足し

芭蕉が門人の曾良《そら》を伴い、江戸を出発して東北・北陸をまわった旅の紀行。『奥《おく》の細道《ほそみち》』とも書く。芭蕉の紀行には『野《の》ざらし紀行《きこう》』『笈《おい》の小文《こぶみ》』『更科紀行《さらしなきこう》』などもある。

59 □□

芭蕉《ばしょう》とその門人の俳諧《はいかい》の流派を**蕉門《しょうもん》**といい、その俳風《はいふう》を**蕉風《しょうふう》**という。

チョイ足し

蕉風の理念は「さび」「軽《かる》み」「不易流行《ふえきりゅうこう》」など。蕉門の作品をまとめたものとして『猿蓑《さるみの》』などの句集がある。

60 □□

蕉門《しょうもん》の俳論《はいろん》は**向井去来《むかいきょらい》**『**去来抄《きょらいしょう》**』と服部土芳《はっとりとほう》『**三冊子《さんぞうし》**』。

チョイ足し

芭蕉の門人たちはその著作の中で芭蕉を「先師《せんし》」「翁《おきな》」と呼ぶ。

問215 『おくのほそ道』はいつの時代に書かれたものか。①～⑤から一つ選べ。

①平安時代　②鎌倉時代　③室町時代　④安土桃山時代　⑤江戸時代

（名城大）

□ ⑤

問216 『おくのほそ道』の作者と同時期に活躍した作家を①～⑤から一つ選べ。
①小林一茶 ②上田秋成 ③曲亭馬琴 ④与謝蕪村 ⑤井原西鶴

問217 『おくのほそ道』と同じ時期に成立した文学作品を①～⑤から二つ選べ。
①世間胸算用 ②東海道中膝栗毛 ③方丈記 ④更級日記 ⑤曾根崎心中

問218 深川の芭蕉庵から出立したところから始まる松尾芭蕉の代表的紀行文を①～⑤から一つ選べ。
①去来抄 ②炭俵 ③奥の細道 ④猿蓑 ⑤其角集

問219 『更科紀行』は松尾バショウの紀行文である。バショウを漢字で記せ。

問220 『おくのほそ道』ともっとも関係の深い俳人を①～⑤から二つ選べ。
①去来 ②其角 ③芭蕉 ④宗因 ⑤曾良

問221 松尾芭蕉の作品を①～⑥から一つ選べ。
①閑吟集 ②菟玖波集 ③梁塵秘抄 ④笈の小文 ⑤去来抄 ⑥誹風柳多留

問222 芭蕉の作品でないものを①～⑤から一つ選べ。
①更科紀行 ②野ざらし紀行 ③笈の小文 ④おらが春 ⑤おくの細道

(南山大) □ ⑤
(日本女子大) □ ①⑤
(亜細亜大) □ ③
(愛知大) □ 芭蕉
(学習院大) □ ③⑤
(関西学院大) □ ④
(青山学院大) □ ④

問223 次の中には一つだけ当てはまらないものが含まれている。それを選び、読み方を現代仮名遣いで記せ。

芭蕉の紀行文——野ざらし紀行　笈の小文　更科紀行　東関紀行　奥の細道

問224 芭蕉の作品を①〜⑦から二つ選べ。

①春色梅暦　②誹風柳多留　③笈の小文　④北越雪譜　⑤冥途の飛脚
⑥猿蓑　⑦おらが春

問225 (1)芭蕉・(2)西鶴・(3)兼好の各人物の作品を①〜⑥から一つずつ選べ。

①武道伝来記　②好色三代男　③野ざらし紀行　④翁草　⑤東関紀行
⑥徒然草

問226 「芭蕉翁」に関係ないものを①〜⑤から一つ選べ。

①俳諧　②奥の細道　③浄瑠璃　④軽み　⑤野ざらし紀行

問227 『おくのほそ道』の旅以降に、より明確になった松尾芭蕉の考えを端的に現す言葉を「不易□」という。空欄にふさわしい語を記せ。

問228 向井という姓を持つ芭蕉の高弟の名を漢字で記せ。

(東京学芸大)
□ とうかんきこう

(釧路公立大)
□ ③⑥

(千葉大)
□ (1) ③
□ (2) ①
□ (3) ⑥

(金城学院大)
□ ③

(福岡大)
□ 流行

(明治大)
□ 去来

問229 芭蕉の俳諧観を論じた書物として、向井去来の『去来抄』とならんで著名な服部土芳の著書を、漢字で書け。

（九州大）

□ 三冊子

問230 『三冊子』と同じく芭蕉の俳諧観が窺われる俳論書を①～④から一つ選べ。

①去来抄　②猿蓑　③野ざらし紀行　④嵯峨日記

（神奈川大）

□ ①

問231 次の傍線部「先師」とは誰のことか。人名を漢字で答えよ。

その後洛の史邦《ふみくに》にゆかり、五雨亭に仮寝し、先師にまみえそめられしより、二畳の蚊屋の内に、頭をおし並べ、四間《よま》の火燵《こたつ》の上に、面をさし向けて、吟会多くはこの人を欠かず。（向井去来『丈草ガ誄《るい》』）

（青山学院大）

□ 松尾芭蕉

問232 次の①～⑦は、芭蕉の俳諧についての文学史的な説明の文章を、順序を入れ換えてばらばらにしたものである。全体をもっとも筋の通った文章の順序になおせ。

①「猿蓑」「炭俵」「続猿蓑」を合わせて「俳諧（芭蕉）七部集」という。
②俳諧固有の通俗性を回復する試みであったといえる。
③蕉風俳諧を代表する名編といわれている。
④しかし、芭蕉は晩年さらに軽みということを強調した。
⑤これは、高雅・重厚な「猿蓑」の境地が固定化することを恐れ、
⑥芭蕉一代の俳風を代表する七部の俳諧集「冬の日」「春の日」「曠野《あらの》」「ひさご」
⑦なかでも「猿蓑」は、芭蕉が美の理念としたさびが最もよく表れ、

（法政大）

□ ⑥①⑦③④⑤②

61 □□

与謝蕪村《よさぶそん》は江戸時代中期の俳人《はいじん》。著書に俳文《はいぶん》集『新花摘《しんはなつみ》』がある。

チョイ足し

芭蕉の死後に低俗化《ていぞくか》した俳諧《はいかい》を復興《ふっこう》する気運《きうん》が高まった安永《あんえい》・天明《てんめい》期（十八世紀後半）を代表する俳人。画家でもある。同時期に俳文集『鶉衣《うずらごろも》』の著者の横井也有《よこいやゆう》などもいる。

62 □□

小林一茶《こばやしいっさ》は江戸時代後期の俳人《はいじん》。著書に俳文《はいぶん》集『おらが春《はる》』がある。

チョイ足し

文化《ぶんか》・文政《ぶんせい》期（十九世紀前半）を代表する俳人。信州《しんしゅう》（現在の長野県）の人。日常の生活感情を平明・率直に表現する。

問233 次の①～④から江戸時代の俳人を一つ選べ。

①与謝蕪村　②正岡子規　③近松門左衛門　④柄井川柳

（拓殖大）
□ ①

問234 『新花摘』の作者を①～⑤から一つ選べ。

①西鶴　②芭蕉　③去来　④蕪村　⑤一茶

（法政大）
□ ④

問235 与謝蕪村と同じジャンルで活躍した人物を①～⑤から一つ選べ。

①藤原定家　②柿本人麻呂　③与謝野晶子　④清少納言　⑤松尾芭蕉

（鶴見大）
□ ⑤

問236 「安永天明」の時代に活躍した文学者を①〜④から一つ選べ。
①松尾芭蕉　②十返舎一九　③与謝蕪村　④井原西鶴

問237 横井也有（一七〇二〜一七八三）の『鶉衣』よりも前に成立した作品を①〜⑤から一つ選べ。
①浮世風呂　②おらが春　③春色梅児誉美　④日本永代蔵　⑤南総里見八犬伝

問238 与謝蕪村よりも後の時代の人物を①〜⑤から二つ選べ。
①小林一茶　②松尾芭蕉　③高浜虚子　④松永貞徳　⑤飯尾宗祇

問239 『おらが春』の著者を①〜⑤から一つ選べ。
①西行　②芭蕉　③蕪村　④一茶　⑤子規

問240 「一茶」と同じ文芸分野で活躍した人物として最適なものを①〜④から一つ選べ。
①十返舎一九　②曲亭馬琴　③与謝蕪村　④本居宣長

問241 次の(1)〜(5)の作品の作者は誰か。①〜⑧の俳人名からそれぞれ一つずつ選べ。
(1)鶉衣　(2)新花摘　(3)おらが春　(4)三冊子　(5)野ざらし紀行
①向井去来　②服部土芳　③各務支考　④井原西鶴　⑤横井也有
⑥松尾芭蕉　⑦小林一茶　⑧与謝蕪村

問236（西南学院大）□ ③
問237（早稲田大）□ ④
問238（千葉大）□ ①③
問239（愛知教育大）□ ④
問240（神奈川大）□ ③
問241（弘前大）□(1)⑤ □(2)⑧ □(3)⑦ □(4)② □(5)⑥

63 □□

『折《おり》たく柴《しば》の記《き》』は江戸時代中期の儒学者《じゅがくしゃ》である新井白石《あらいはくせき》の自伝的随筆《ずいひつ》。

チョイ足し

新井白石と同時期の儒学者に荻生徂徠《おぎゅうそらい》などもいる。

64 □□

江戸時代の随筆は『折《おり》たく柴《しば》の記《き》』『玉勝間《たまかつま》』『花月草紙《かげつそうし》』。

チョイ足し

『玉勝間』の著者は本居宣長《もとおりのりなが》（↓65〜67）。『花月草紙』の著者は江戸後期の大名の松平定信《まつだいらさだのぶ》。

問242 新井白石の著作として適切なものを①〜④から一つ選べ。（明治大）

①万の文反古　②花月草紙　③折たく柴の記　④英草紙

□ ③

問243 『折たく柴の記』は江戸時代に成立した自伝的随筆である。江戸時代の随筆を①〜④から一つ選べ。（日本大）

①玉勝間　②猿蓑　③浮世風呂　④去来抄

□ ①

問244 『折たく柴の記』は江戸時代に書かれた随筆だが、①〜⑤から江戸時代に成立した作品ではないものを一つ選べ。（法政大）

①玉勝間　②曾根崎心中　③世間胸算用　④無名草子　⑤野ざらし紀行

□ ④

第1章◉古代 第2章◉中世 第3章◉近世 第4章◉総合 付録

問245 『政談』の筆者である荻生徂徠の読みを、平がなの現代かなづかいで記せ。

（学習院大）

□ おぎゅうそらい

問246 荻生徂徠と最も近い時代の思想家を①～⑥から一つ選べ

①吉田兼好　②北畠親房　③世阿弥　④本居宣長　⑤慈円　⑥福沢諭吉

（学習院大）

□ ④

✻**問247** 『枕草子』『徒然草』と同じジャンルの作品を①～⑤から一つ選べ。

①玉勝間　②去来抄　③ささめごと　④十訓抄　⑤風姿花伝

（東京農業大）

□ ①

✻**問248** 『枕草子』とは異なるジャンルの作品を①～⑤から一つ選べ。

①方丈記　②花月草紙　③十訓抄　④折たく柴の記　⑤徒然草

（静岡大）

□ ③

問249 次の文章中の空欄に入る適当な語を、①～⑮からそれぞれ一つずつ選べ。

『花月草紙』は［Ⅰ］時代後期の代表的な随筆の一つで、［Ⅱ］の作になるものである。この時期の随筆文学としては、ほかに［Ⅲ］が書いた［Ⅳ］があり、松浦静山の『［Ⅴ］』も現れた。

①鎌倉　②室町　③江戸　④一条兼良　⑤鴨長明
⑥松平定信　⑦吉田兼好　⑧本居宣長　⑨二条良基　⑩ささめごと
⑪甲子夜話　⑫方丈記　⑬玉勝間　⑭徒然草　⑮筑波問答

（熊本大）

□ Ⅰ ③
□ Ⅱ ⑥
□ Ⅲ ⑧
□ Ⅳ ⑬
□ Ⅴ ⑪

65 □□

江戸時代の国学者は**契沖《けいちゅう》・賀茂真淵《かものまぶち》・本居宣長《もとおりのりなが》・平田篤胤《ひらたあつたね》**。

チョイ足し

国学《こくがく》は、日本古代の文献《ぶんけん》に基づいて日本固有の文化を究明《きゅうめい》しようとした学問。江戸前期の契沖が確立。その主著は『万葉代匠記《まんようだいしょうき》』。賀茂真淵は江戸中期の人。本居宣長も江戸中期の人で、賀茂真淵の門人。平田篤胤は江戸後期の人。

66 □□

本居宣長の主著は『**古事記伝《こじきでん》**』『**源氏物語玉の小櫛《げんじものがたりたまのおぐし》**』『**玉勝間《たまかつま》**』。

チョイ足し

『古事記伝』は『古事記』の注釈。『源氏物語玉の小櫛』は『源氏物語』の注釈。『玉勝間』は随筆（↓64）。他に『石上私淑言《いそのかみのささめごと》』などもある。

67 □□

本居宣長は『源氏物語《げんじものがたり》』の本質は「**もののあはれ**」であるとした。

チョイ足し

主に『源氏物語玉の小櫛』に説かれている。

問250 本居宣長たちが行った学問を総称して何というか。①〜⑤から一つ選べ。（國學院大）

①漢学　②国学　③蘭学　④江戸学　⑤朱子学

□②

問251 日本の歴史や思想、言語や文学などの特質を研究する学問として江戸時代に盛んとなった「国学」の研究者に該当しない者を①〜④から一つ選べ。

①賀茂真淵　②渡辺崋山　③平田篤胤　④契沖

（神奈川大）□②

問252 本居宣長の師匠を①〜⑤から一つ選べ。

①紀貫之　②平田篤胤　③賀茂真淵　④二条良基　⑤井原西鶴

（福岡教育大）□③

問253 本居宣長の著作を①〜⑥から一つ選べ。

①折たく柴の記　②湖月抄　③玉勝間　④日本外史　⑤万葉代匠記　⑥蘭学事始

（早稲田大）□③

問254 本居宣長の著作でないものはどれか。①〜④から一つ選べ。

①源氏物語玉の小櫛　②古事記伝　③玉勝間　④下官集

（宮崎大）□④

問255 『石上私淑言』の作者が書いた作品でないものを①〜⑤から一つ選べ。

①玉勝間　②古事記伝　③源氏物語玉の小櫛　④折たく柴の記　⑤うひ山ぶみ

（明治大）□④

問256 本居宣長の著でないものを①〜⑤から一つ選べ。

①古事記伝　②紫文要領　③うひ山ぶみ　④万葉代匠記　⑤源氏物語玉の小櫛

（上智大）□④

問257 本居宣長に深くかかわるものを①〜⑤から二つ選べ。

①源氏物語玉の小櫛　②万葉代匠記　③うひまなび　④ますらをぶり　⑤もののあはれ

（上智大）□①⑤

第1章◉古代
第2章◉中世
第3章◉近世
第4章◉総合
付録

68 □□

上田秋成《うえだあきなり》は江戸中期の読本《よみほん》作者で『**雨月物語《うげつものがたり》**』『**春雨物語《はるさめものがたり》**』の作者。

チョイ足し

読本は江戸時代の小説。『雨月物語』は九つの短編《たんぺん》から成る怪異小説《かいいしょうせつ》の傑作《けっさく》。

69 □□

与謝蕪村《よさぶそん》・**本居宣長《もとおりのりなが》**・**上田秋成《うえだあきなり》**はほぼ同時期に活躍した。

チョイ足し

与謝蕪村（↓61）。本居宣長（↓65〜67）。

70 □□

滝沢馬琴《たきざわばきん》は江戸後期の読本《よみほん》作者で『**南総里見八犬伝《なんそうさとみはっけんでん》**』の作者。

チョイ足し

曲亭《きょくてい》馬琴ともいう。同時期に『東海道中膝栗毛《とうかいどうちゅうひざくりげ》』の作者である十返舎一九《じっぺんしゃいっく》などもいる。

問258 上田秋成の作品を①〜⑤から一つ選べ。

①雨月物語 ②無名草子 ③閑吟集 ④日本永代蔵 ⑤春色梅児誉美

（成蹊大）

問259 上田秋成の作品を①〜⑤から一つ選べ。

①保元物語 ②椿説弓張月 ③春雨物語 ④栄花物語 ⑤折たく柴の記

（早稲田大）

□ ①

□ ③

問260 怪談を題材とした小説は「怪異小説」とも呼ばれ、江戸時代の読本などに多く見られた。読本作家上田秋成の怪異小説を①～⑤から一つ選べ。

①東海道四谷怪談　②雨月物語　③南総里見八犬伝　④東海道中膝栗毛　⑤浮世物語

（京都女子大）□ ②

✲**問261** 上田秋成と最も近い時代の文学者を①～⑤から一つ選べ。

①松尾芭蕉　②与謝蕪村　③小林一茶　④夏目漱石　⑤高浜虚子

（関東学院大）□ ②

✲**問262** 上田秋成とほぼ同時代の人物を①～⑤から一つ選べ。

①紀貫之　②兼好法師　③松尾芭蕉　④紫式部　⑤本居宣長

（青山学院大）□ ⑤

問263 読本の作者として活躍した人物を①～⑤から一つ選べ。

①向井去来　②曲亭馬琴　③近松門左衛門　④本居宣長　⑤鶴屋南北

（昭和女子大）□ ②

✲**問264** 「馬琴」の作品を①～⑤から一つ選べ。

①東海道四谷怪談　②南総里見八犬伝　③国姓爺合戦　④雨月物語　⑤菅原伝授手習鑑

（国士舘大）□ ②

問265 曲亭馬琴と同時期の作者を①～⑤から一つ選べ。

①近松門左衛門　②十返舎一九　③井原西鶴　④松尾芭蕉　⑤鴨長明

（学習院大）□ ②

第4章
総合

問266　日記文学の作者を①〜⑤から一つ選べ。

①小野小町　②赤染衛門　③藤原公任　④紫式部　⑤紀友則

（青山学院大）

□④

問267　平安時代の作品を①〜⑤から一つ選べ。

①曾根崎心中　②風姿花伝　③古事記　④和漢朗詠集　⑤十六夜日記

（成蹊大）

□④

問268　『枕草子』と同じジャンルの、(1)作品、(2)作者を、それぞれ①〜⑥から一つずつ選べ。

(1)　①玉勝間　②浮世風呂　③源氏物語　④土佐日記　⑤古今著聞集　⑥日本永代蔵

(2)　①紀貫之　②橘成季　③紫式部　④井原西鶴　⑤式亭三馬　⑥本居宣長

（國學院大）

□(1)①

□(2)⑥

問269　『徒然草』は『方丈記』『枕草子』と合わせて「三大随筆」と称される作品である。その三作品の成立順として最も適切なものを①〜⑥から一つ選べ。

①『徒然草』→『枕草子』→『方丈記』　②『徒然草』→『方丈記』→『枕草子』

③『枕草子』→『方丈記』→『徒然草』　④『枕草子』→『徒然草』→『方丈記』

⑤『方丈記』→『徒然草』→『枕草子』　⑥『方丈記』→『枕草子』→『徒然草』

（椙山女学園大）

□③

問270 いくつかの古典作品の成立順序はどれが正しいか、①〜⑤から一つ選べ。

①栄華物語・大鏡・増鏡・紫式部日記　②枕草子・紫式部日記・今鏡・大鏡
③源氏物語・大鏡・紫式部日記・水鏡　④大鏡・紫式部日記・更級日記・竹取物語
⑤紫式部日記・大鏡・愚管抄・吾妻鏡

（立正大）
□ ⑤

問271 『うたたね』は鎌倉時代前期の成立と推定されているが、この作品よりも後に成立したと考えられるものを①〜⑥から選べ。該当するものが二つ以上ある場合は、そのすべてを選ぶこと。

①雨月物語　②大鏡　③古事記伝　④太平記　⑤土佐日記　⑥徒然草

（早稲田大）
□ ①③④⑥

問272 万葉集と同じ区分に属す作品はどれか。最適のものを①〜⑤から一つ選べ。

①今昔物語集　②古今和歌集　③古今著聞集　④奥の細道　⑤文華秀麗集

（東海大）
□ ②

問273 『枕草子』と同じジャンルとは言えない作品を①〜⑤から二つ選べ。

①花月草紙　②徒然草　③方丈記　④とはずがたり　⑤源氏物語

（愛知大）
□ ④⑤

問274 平安時代に成立していない書物を、①〜⑤から一つ選べ。

①浜松中納言物語　②うつほ物語　③正徹物語　④狭衣物語　⑤夜の寝覚

（早稲田大）
□ ③

第1章◉古代　第2章◉中世　第3章◉近世　第4章◉総合　付録

問275 物語文学に関する説明として正しいものを①～④から一つ選べ。

① 『平中物語』の影響を受けて書かれた『伊勢物語』は、歌物語を代表する作品である。

② 『源氏物語』の後に書かれた『宇治拾遺物語』は、「宇治十帖」を模した男女の恋愛物語である。

③ 『竹取物語』は物語文学の最初の作品として、『源氏物語』の中に記されている。

④ 『堤中納言物語』は「ある男（＝中納言）」を主人公とした一代記の体裁をとっている。

（神奈川大）

□ ③

問276 『今昔物語集』は院政期に成立した作品であるが、作品の成立順として正しいのはどれか。最も適当なものを①～⑤から一つ選べ。

① 『金槐和歌集』―『今昔物語集』―『徒然草』

② 『竹取物語』―『今昔物語集』―『源氏物語』

③ 『大和物語』―『今昔物語集』―『源平盛衰記』

④ 『十六夜日記』―『今昔物語集』―『新古今和歌集』

⑤ 『和漢朗詠集』―『今昔物語集』―『和泉式部日記』

（実践女子大）

□ ③

問277 『苔の衣』は鎌倉時代に成立した物語である。本作より成立年代の遅い作品を、①～④から一つ選べ。

①うつほ物語　②狭衣物語　③夜の寝覚　④雨月物語

（日本大）

□ ④

問278 次の(1)・(2)の文章に該当する作品名を、①〜⑧からそれぞれ一つずつ選べ。

(1)白河院が源俊頼に命じて撰集させた第五番目の勅撰和歌集
(2)紀貫之が仮名で書いた序文を付す第一番目の勅撰和歌集

①和漢朗詠集 ②小倉百人一首 ③古今和歌集 ④新古今和歌集
⑤万葉集 ⑥菟玖波集 ⑦金葉和歌集 ⑧金槐和歌集

（弘前大）

□(1)⑦
□(2)③

問279 次のa〜eの作品の成立順として正しいものを①〜⑤から一つ選べ。

a和泉式部日記 b蜻蛉日記 c十六夜日記 d土佐日記 e更級日記

①dcbea ②bdeac ③dbaec ④adbce ⑤dbeac

（学習院女子大）

□③

問280 文学史の説明として誤っているものを①〜⑤から一つ選べ。

①竹取物語は、最古の歌物語で、作者は在原業平である
②古今和歌集は、紀貫之などの撰による最初の勅撰和歌集である
③凌雲集は、最初の勅撰漢詩集で、平安時代初期に成立した
④栄花物語は、藤原氏の繁栄を語った歴史物語である
⑤古事記は、天皇家の由来を語った書で、奈良時代初期に成立した

（専修大）

□①

問281 成立がもっとも新しい作品を①〜⑤から一つ選べ。

①徒然草 ②万葉集 ③枕草子 ④今昔物語集 ⑤方丈記

（昭和女子大）

□①

問282　平安時代から鎌倉時代にかけて編纂された勅撰和歌集の成立年代順の並べ方として正しいものを①〜④から一つ選べ。

①新勅撰和歌集→後拾遺和歌集→千載和歌集→新古今和歌集
②千載和歌集→新古今和歌集→後拾遺和歌集→新勅撰和歌集
③後拾遺和歌集→千載和歌集→新古今和歌集→新勅撰和歌集
④新古今和歌集→新勅撰和歌集→千載和歌集→後拾遺和歌集

問283　鎌倉時代の文学史について記した次の文章の［Ⅰ］〜［Ⅳ］にあてはまる適切なことばを①〜⑫からそれぞれ一つずつ選べ。

鎌倉幕府成立後も京都では公家が王朝文化の伝統を守ろうとしていた。和歌を中心とする文学は特に盛んで、八番目の［Ⅰ］として、『［Ⅱ］』が編まれることになった。その撰者の一人に［Ⅲ］がいる。また『［Ⅱ］』の歌人のひとりには、『［Ⅳ］』の作者として著名な鴨長明がいる。

①私撰集　②私家集　③勅撰集　④千載和歌集
⑤新古今和歌集　⑥続古今和歌集　⑦藤原定家　⑧藤原公任
⑨藤原道長　⑩無名草子　⑪沙石集　⑫方丈記

問284　次の①〜⑤には、ある特定の分野についての評論や教導という内容をもたない作品が一つある。それを選べ。

①風姿花伝　②無名草子　③古来風体抄　④世間胸算用　⑤筑波問答

（日本大）
□③

（大阪府立大）
□Ⅰ③
□Ⅱ⑤
□Ⅲ⑦
□Ⅳ⑫

（学習院女子大）
□④

問285 (1)『源氏物語』、(2)『万葉集』、(3)『徒然草』、(4)『玉勝間』の成立した時代を、①～⑤からそれぞれ一つずつ選べ。

①鎌倉時代　②平安時代　③江戸時代　④奈良時代　⑤室町時代

（東京理科大）
□(1) ②　□(2) ④
□(3) ①　□(4) ③

問286 A『万葉集』、B『古今和歌集』、C『新古今和歌集』のそれぞれを代表する歌人の組み合わせとして、最も適切なものを①～④から一つ選べ。

① A藤原定家　B大伴家持　C西行
② A山上憶良　B小野小町　C後鳥羽院
③ A柿本人麻呂　B紀貫之　C僧正遍昭
④ A和泉式部　B額田王　C藤原俊成

（近畿大）
□ ②

問287 次の文中の空白部［Ⅰ］・［Ⅱ］に入る語をそれぞれ①～④から一つずつ選べ。

『堤中納言物語』は［Ⅰ］ごろに成立した短編物語集である。これらの短編は『［Ⅱ］』などにみられる歌物語的なものとは性質を異にしている。

Ⅰ ①平安中期　②平安後期　③鎌倉中期　④鎌倉後期
Ⅱ ①竹取物語　②落窪物語　③狭衣物語　④伊勢物語

（日本大）
□Ⅰ ②
□Ⅱ ④

問288 女流文学に該当しない作品を①～⑧から二つ選べ。

①蜻蛉日記　②讃岐典侍日記　③梁塵秘抄　④建礼門院右京大夫集
⑤更級日記　⑥明月記　⑦とはずがたり　⑧十六夜日記

（釧路公立大）
□ ③⑥

問289 鳥羽天皇の在位は西暦一一〇七年から一一二三年である。これに最も近い時に成立したとされる勅撰和歌集を①~⑦から一つ選べ。

①金葉和歌集　②古今和歌集　③山家集　④玉葉和歌集　⑤後撰和歌集
⑥拾遺和歌集　⑦新古今和歌集

問290 「鴨長明とか吉田兼好とかいう世捨人」について、

(1)彼らの作品と同時代に成立した作品を①~⑤から一つ選べ。
①枕草子　②十六夜日記　③更科紀行　④雨月物語　⑤玉勝間

(2)「世捨人」と同じような意味を持つ言葉を①~⑤から一つ選べ。
①文人　②隠者　③漂泊者　④墨客　⑤浪人

問291 次に問う文学作品名を正しく漢字で答えよ。

(1)「源氏物語」にあこがれた菅原孝標女の文学作品
(2)「方丈記」「徒然草」と並ぶ三大随筆といわれる文学作品
(3)西行の私家集の名称

問292 平安時代にできたものを①~⑤から二つ選べ。

①菅家文草　②宇治拾遺物語　③宇津保物語　④新古今和歌集　⑤古事記

（福岡女子大）
□ ①

（福岡大）
□ (1) ②
□ (2) ②

（釧路公立大）
□ (1) 更級日記
□ (2) 枕草子
□ (3) 山家集

（滋賀県立大）
□ ①③

問293 成立時期が最も早い作品を①〜⑤から一つ選べ。

①『正徹物語』（正徹）　②『風姿花伝』（世阿弥）　③『十六夜日記』（阿仏尼）
④『徒然草』（兼好）　⑤『太平記』（作者未詳）

（明治大）

□ ③

問294 『玉勝間』、『土佐日記』、『徒然草』、『方丈記』、『枕草子』の五つの作品について、古いものから時代順に正しく並べたものを、①〜⑤から一つ選べ。

①『玉勝間』・『徒然草』・『枕草子』・『方丈記』・『土佐日記』
②『土佐日記』・『枕草子』・『方丈記』・『徒然草』・『玉勝間』
③『徒然草』・『方丈記』・『土佐日記』・『玉勝間』・『枕草子』
④『方丈記』・『枕草子』・『徒然草』・『土佐日記』・『玉勝間』
⑤『枕草子』・『土佐日記』・『玉勝間』・『徒然草』・『方丈記』

（椙山女学園大）

□ ②

問295 (1)「貫之」、(2)「定家」が編纂にかかわった勅撰和歌集を①〜⑧からそれぞれ一つずつ選べ。

①古今和歌集　②後撰和歌集　③拾遺和歌集　④後拾遺和歌集
⑤金葉和歌集　⑥詞花和歌集　⑦千載和歌集　⑧新古今和歌集

（学習院女子大）

□ (1) ①
□ (2) ⑧

問296 『うつほ物語』と同時代の作品を①〜④から一つ選べ。

①雨月物語　②更級日記　③古事記　④曾我物語

（相模女子大）

□ ②

問297 次の(1)~(5)の五つの歌集について、それぞれ最も関係の深い人物を①~⑥から一つずつ選べ。

(1)万葉集　(2)古今集　(3)拾遺集　(4)金葉集　(5)新古今集

①柿本人麻呂　②源俊頼　③藤原定家　④源実朝　⑤藤原公任

⑥凡河内躬恒

問298 物語文学の流れをたどった際、次の作品は、どういう成立順になるか。最も適当なものを①~⑤から一つ選べ。

1源氏物語　2堤中納言物語　3平家物語　4伊曾保物語　5宇津保物語

①5→1→2→3→4　②5→2→1→4→3　③4→5→3→1→2

④1→5→3→4→2　⑤1→3→4→2→5

問299 (1)「俊成」・(2)「定家卿」に直接関係する書名を①~⑧からそれぞれ二つずつ選べ。

①千載和歌集　②明月記　③近代秀歌　④古来風体抄

⑤古今和歌集　⑥後撰和歌集　⑦発心集　⑧後拾遺和歌集

問300 (1)俊成が撰者として編纂した勅撰和歌集、(2)後鳥羽上皇の命によって定家らが編纂した勅撰和歌集の名称を、それぞれ漢字で記せ。

(愛媛大)
□(1)① □(2)⑥
□(3)⑤ □(4)②
□(5)③

(鎌倉女子大)
□①

(上智大)
□(1)①④
□(2)②③

(名古屋大)
□(1)千載和歌集
□(2)新古今和歌集

問301 上東門院と異なる時代に活躍した文学者を、①～⑤から一つ選べ。
①紫式部 ②赤染衛門 ③建礼門院右京大夫 ④和泉式部 ⑤清少納言

問302 『源氏物語』と同じく作者が女性である作品を①～⑤から二つ選べ。
①土佐日記 ②更級日記 ③発心集 ④建礼門院右京大夫集 ⑤沙石集

問303 『うつほ物語』『源氏物語』『古今和歌集』『今昔物語集』『更級日記』を成立順に並べたとき、2番目のものと4番目のものはどれか。①～⑤からそれぞれ一つずつ選べ。
①うつほ物語 ②源氏物語 ③古今和歌集 ④今昔物語集 ⑤更級日記

問304 (1)『枕草子』、(2)『源氏物語』と同じジャンル（種類）の作品を①～⑨からそれぞれ一つずつ選べ。
①蜻蛉日記 ②竹取物語 ③今昔物語集 ④新古今和歌集 ⑤方丈記
⑥凌雲集 ⑦奥の細道 ⑧平家物語 ⑨栄華物語

問305 現存する『しのびね』は、平安時代末期に成立した物語の改作本として南北朝時代に成立したものであるといわれている。南北朝時代以前に成立したとみられる作品を、①～⑩からすべて選べ。
①奥の細道 ②大鏡 ③和漢朗詠集 ④蜻蛉日記 ⑤好色一代男
⑥雨月物語 ⑦万葉集 ⑧世間胸算用 ⑨源氏物語 ⑩新古今和歌集

問301（神戸大）□ ③
問302（聖心女子大）□ ②④
問303（早稲田大）□ 2 ① □ 4 ⑤
問304（北海学園大）□ (1) ⑤ □ (2) ②
問305（奈良教育大）□ ②③④⑦⑨⑩

問306 次の(1)~(3)の答えとして最も適当なものを、各群の①~⑤から一つずつ選べ。

(1)『枕草子』はいつの時代の作品か。

①室町時代　②奈良時代　③江戸時代　④鎌倉時代　⑤平安時代

(2)『枕草子』の作者はだれか。

①鴨長明　②兼好法師　③紫式部　④和泉式部　⑤清少納言

(3)日本文学の作品名が成立順に並んでいるものはどれか。

①伊勢物語――和泉式部日記――竹取物語――枕草子――源氏物語

②義経記――平家物語――太平記――枕草子――南総里見八犬伝

③古事記――竹取物語――枕草子――狭衣物語――太平記

④古今和歌集――源氏物語――平家物語――枕草子――おくのほそ道

⑤源氏物語――好色一代男――枕草子――義経記――平家物語

問307 『伽婢《とぎぼう》子《こ》』は内容上、「怪談」に分類される作品である。

(1)これと同趣向の作品を①~⑤から一つ選べ。

①椿説弓張月　②雨月物語　③冥途の飛脚　④花月草紙　⑤本朝二十不孝

(2)(1)で選んだ作品の作者名を記せ。

問308 次の随筆作品を成立の古い順に並べて、番号で答えよ。

①徒然草　②枕草子　③方丈記　④玉勝間

(実践女子大)

□(1)⑤

□(2)⑤

□(3)③

(九州大)

□(1)②

□(2)上田秋成

(福井大)

□②③①④

問309 『更級日記』『徒然草』『土佐日記』『平家物語』『万葉集』の五作品を成立の古い方から順に並べた場合、『更級日記』は何番目に当たるか。その答として最も適当と思われるものを①～⑤から一つ選べ。

① 一番目　② 二番目　③ 三番目　④ 四番目　⑤ 五番目

問310 平安時代の文学に関する説明として適切なものを①～⑤から一つ選べ。

① 『枕草子』は、作者清少納言の鋭い美意識とユーモアのセンスが光る随筆だが、緊張感のある和漢混淆文により、末法思想に基づく無常観をも漂わせた作品である。
② 「いづれの御時にか、竹取の翁といふ者ありけり」という文から始まる『竹取物語』は、紀友則によって書かれた最古の物語である。
③ 最初の女流日記文学『蜻蛉日記』の作者は菅原孝標女だが、その姪である藤原道綱母も『更級日記』という作品を残している。
④ 『伊勢物語』は在原業平をモデルとする男性が主人公の歌物語で、「東下り」「筒井筒」の章段は特に有名である。
⑤ 紫式部はその生涯のうちに、『源氏物語』のほか、『紫式部日記』『栄花物語』など数多くの作品を著した。

問311 『落窪物語』よりも前に成立した作品を①～⑤から二つ選べ。

① 菅家文草　② 狭衣物語　③ 日本霊異記　④ 風姿花伝　⑤ 無名草子

（南山大）
□ ③

（法政大）
□ ④

（早稲田大）
□ ① ③

問312 次の文章の［Ⅰ］～［Ⅲ］に入る最も適当なものを、①～⑫からそれぞれ一つずつ選べ。

『浜松中納言物語』は、『源氏物語』の影響、とりわけ宇治十帖の影響が濃く見られる作り物語である。作者は『更級日記』の作者である［Ⅰ］とも言われているが、確証は得られていない。平安時代後期に作られた長編物語としては、他に『狭衣物語』『［Ⅱ］』などがある。鎌倉初期に成立した評論『［Ⅲ］』では、『狭衣物語』『夜の寝覚』に続いて、『源氏物語』以後の代表的な作り物語として『浜松中納言物語』が取りあげられている。

①赤染衛門　②建礼門院右京大夫　③菅原孝標女　④藤原道綱母
⑤うつほ物語　⑥栄花物語　⑦堤中納言物語　⑧とりかへばや物語
⑨玉勝間　⑩俊頼髄脳　⑪無名草子　⑫梁塵秘抄

（京都女子大）

□Ⅰ ③
□Ⅱ ⑧
□Ⅲ ⑪

問313 次の①～⑥のうち、『うつほ物語』（全二十巻）が成立した時期に既に存在していた文学作品を二つ選べ。

①蜻蛉日記　②金槐和歌集　③狭衣物語　④更級日記　⑤拾遺和歌集
⑥大和物語

（早稲田大）

□ ①⑥

問314 『住吉物語』と同じく継子いじめの物語である作品を①～④から一つ選べ。

①とりかへばや物語　②堤中納言物語　③落窪物語　④狭衣物語

（福井大）

□ ③

問315 『落窪物語』とそれに関連する事柄について述べた次の文章の空欄Ⅰ～Ⅵに入るべき最も適切な語句を、Ⅰについてはひらがなで、それ以外は漢字で書け。

『落窪物語』（「[Ⅰ]ものがたり」と読む）は、『源氏物語』に先立って成立した物語文学の一作品である。『源氏物語』に先立つ物語作品として、他に、歌物語と呼ばれる『[Ⅱ]』・『[Ⅲ]』などや、伝奇物語と呼ばれる『[Ⅳ]』・『[Ⅴ]』がある。『[Ⅱ]』は在原業平を思わせる人物が主人公であり、『[Ⅴ]』の題名は、木の空洞《うつほ》に住んで母から琴の伝授を受けた藤原仲忠の話に由来する。

『落窪物語』は継母に虐待される娘が結婚によって救われる話である。『[Ⅴ]』は継母の讒《ざん》言に苦しめられる息子の話を収めている。これらの話はそれぞれ[Ⅵ]いじめ譚《たん》の話型を取り、類似の話は世界的に見られる。

（小樽商科大）

□Ⅰ おちくぼ
□Ⅱ 伊勢物語
□Ⅲ 平中物語（大和物語）
□Ⅳ 竹取物語
□Ⅴ 宇津保物語
□Ⅵ 継子

問316 次の文の空白部Ⅰ～Ⅲに入る作品・人名を、それぞれ①～④から一つずつ選べ。

西行法師は、『[Ⅰ]』を残しているほか、『新古今和歌集』撰進を下命した[Ⅱ]によって高く評価され、入集歌数は第一位であった。また、『撰集抄』の作者に仮託されるなど、説話化された人物像とともに後世にも多大な影響力を及ぼし、『[Ⅲ]』の著者芭蕉が敬慕した人物でもある。

Ⅰ ①金槐集 ②山家集 ③発心集 ④沙石集
Ⅱ ①後白河院 ②源実朝 ③後鳥羽院 ④藤原定家
Ⅲ ①笈の小文 ②おらが春 ③折たく柴の記 ④世間胸算用

（日本大）

□Ⅰ ②
□Ⅱ ③
□Ⅲ ①

問317　文学作品の成立順として正しいものを①～④から一つ選べ。
①『蜻蛉日記』――『土佐日記』――『十六夜日記』――『更級日記』
②『土佐日記』――『蜻蛉日記』――『更級日記』――『十六夜日記』
③『更級日記』――『土佐日記』――『十六夜日記』――『蜻蛉日記』
④『土佐日記』――『更級日記』――『蜻蛉日記』――『十六夜日記』

問318　次の文章は、〈物語〉と呼ばれる古典作品についての説明文である。文中の空欄Ⅰ～Ⅴについて、あてはまるものを①～⑬からそれぞれ一つずつ選べ（同じ番号を二度以上選んではいけない）。
〈物語〉の語の指す範囲は広く、『源氏物語』や『[Ⅰ]』などの〈つくり物語〉のほか、『伊勢物語』や『[Ⅱ]』などの〈歌物語〉も含まれる。また、史実に依拠する『[Ⅲ]』や『栄花物語』などの作品は、〈歴史物語〉と呼ばれる。〈説話集〉の中にも、『今昔物語集』や『[Ⅳ]』のように、〈物語〉の語を書名に含むものがある。また『保元物語』『平治物語』『平家物語』なども、書名に〈物語〉とあるが、これらの作品は『源平盛衰記』や『[Ⅴ]』といった作品を合わせて〈軍記物語〉と呼ばれることがある。
①大和物語　②十訓抄　③枕草子　④明月記　⑤日本書紀
⑥雨月物語　⑦吾妻鏡　⑧太平記　⑨古事記　⑩狭衣物語
⑪方丈記　⑫大鏡　⑬宇治拾遺物語

（学習院大）
□②

（大阪府立大）
□Ⅰ⑩
□Ⅱ①
□Ⅲ⑫
□Ⅳ⑬
□Ⅴ⑧

付録

Ⅰ　でるとこ有名和歌……98
Ⅱ　でるとこ有名俳句……112
Ⅲ　でるとこ有名作品の冒頭……116

I でると有名和歌

＊「百」＝百人一首
（一部異なった形で収録されているものがある）

1
額田王《ぬかたのおおきみ》
あかねさす紫野《むらさきの》行《ゆ》き標野《しめの》行《ゆ》き野守《のもり》は見《み》ずや君《きみ》が袖《そで》振《ふ》る（万葉集）

2
持統天皇《じとうてんのう》
春《はる》過《す》ぎて夏来《なつき》たるらし白栲《しろたへ》の衣《ころも》干《ほ》したり天《あま》の香具山《かぐやま》（万葉集・百）

3
柿本人麻呂《かきのもとのひとまろ》
東《ひむがし》の野《の》にかぎろひの立《た》つ見《み》えてかへり見《み》すれば月傾《つきかたぶ》きぬ（万葉集）
あしひきの山鳥《やまどり》の尾《を》のしだり尾《を》の長長《ながなが》し夜《よ》を一人《ひとり》かも寝《ね》む（拾遺和歌集・百）

4
山部赤人《やまべのあかひと》
春《はる》の野《の》にすみれ摘《つ》みにと来《こ》し我《われ》そ野《の》をなつかしみ一夜《ひとよ》寝《ね》にける（万葉集）
田子《たご》の浦《うら》ゆうち出《い》でて見《み》ればま白《しろ》にそ富士《ふじ》の高嶺《たかね》に雪《ゆき》は降《ふ》りける（万葉集・百）

5

山上憶良《やまのうえのおくら》

憶良《おくら》らは今《いま》は罷《まか》らむ子《こ》泣《な》くらむそれその母《はは》も吾《あ》を待《ま》つらむそ（万葉集）

世《よ》の中《なか》を憂《う》しとやさしと思《おも》へども飛《と》び立《た》ちかねつ鳥《とり》にしあらねば（万葉集）

6

大伴家持《おおとものやかもち》

春《はる》の野《の》に霞《かすみ》たなびきうら悲《がな》しこの夕影《ゆふかげ》にうぐひす鳴《な》くも（万葉集）

7

よみ人《びと》しらず

五月《さつき》待《ま》つ花橘《はなたちばな》の香《か》をかげば昔《むかし》の人《ひと》の袖《そで》の香《か》ぞする（古今和歌集）

8

猿丸大夫《さるまるだゆう》

奥山《おくやま》に紅葉《もみぢ》踏《ふ》み分《わ》け鳴《な》く鹿《しか》の声《こゑ》聞《き》く時《とき》ぞ秋《あき》はかなしき（古今和歌集・百）

9

蟬丸《せみまる》

これやこの行《ゆ》くも帰《かへ》るも別《わか》れつつ知《し》るも知《し》らぬも逢坂《あふさか》の関《せき》（後撰和歌集・百）

10
在原行平《ありわらのゆきひら》
立《た》ち別《わか》れいなばの山《やま》の峰《みね》に生《お》ふるまつとし聞《き》かば今帰《いまかへ》り来《こ》む（古今和歌集・百）

11
源融《みなもとのとおる》
陸奥《みちのく》のしのぶもぢずり誰《たれ》ゆゑに乱《みだ》れむ思《おも》ふ我《われ》ならなくに（古今和歌集・百）

12
菅原道真《すがわらのみちざね》
東風《こち》吹《ふ》かばにほひおこせよ梅《うめ》の花主《はなあるじ》なしとて春《はる》を忘《わす》るな（拾遺和歌集）

13
伊勢《いせ》
難波潟短《なにはがたみじか》き葦《あし》の節《ふし》の間《ま》も逢《あ》はでこのよを過《す》ぐしてよとや（新古今和歌集・百）

14
在原業平《ありわらのなりひら》
ちはやぶる神代《かみよ》もきかず龍田川《たつたがは》からくれなゐに水《みづ》くくるとは（古今和歌集・百）
世《よ》の中《なか》にたえて桜《さくら》のなかりせば春《はる》の心《こころ》はのどけからまし（古今和歌集）
名《な》にし負《お》はばいざ言問《こととひ》はむ都鳥《みやこどり》わが思《おも》ふ人《ひと》はありやなしやと（古今和歌集）

月《つき》やあらぬ春《はる》や昔《むかし》の春《はる》ならぬわが身《み》ひとつはもとの身《み》にして（古今和歌集）

15

小野小町《おののこまち》

花《はな》の色《いろ》はうつりにけりないたづらにわが身《み》世《よ》にふるながめせし間《ま》に（古今和歌集・百）

色《いろ》見《み》えで移《うつ》ろふものは世《よ》の中《なか》の人《ひと》の心《こころ》の花《はな》にぞありける（古今和歌集）

思《おも》ひつつ寝《ぬ》ればや人《ひと》の見《み》えつらむ夢《ゆめ》と知《し》りせば覚《さ》めざらましを（古今和歌集）

16

紀友則《きのとものり》

ひさかたの光《ひかり》のどけき春《はる》の日《ひ》に静心《しづこころ》なく花《はな》の散《ち》るらむ（古今和歌集・百）

17

紀貫之《きのつらゆき》

人《ひと》はいさ心《こころ》も知《し》らずふるさとは花《はな》ぞ昔《むかし》の香《か》ににほひける（古今和歌集・百）

袖《そで》ひちてむすびし水《みづ》のこほれるを春《はる》立《た》つけふの風《かぜ》やとくらむ（古今和歌集）

18

藤原敏行《ふじわらのとしゆき》

秋《あき》来《き》ぬと目《め》にはさやかに見《み》えねども風《かぜ》の音《おと》にぞおどろかれぬる（古今和歌集）

19

源《みなもとの》宗《むね》于《ゆき》

山里《やまざと》は冬《ふゆ》ぞさびしさまさりける人目《ひとめ》も草《くさ》もかれぬと思《おも》へば（古今和歌集・百）

20

清《せい》少《しょう》納《な》言《ごん》

夜《よ》をこめて鳥《とり》の空音《そらね》ははかるともよに逢坂《あふさか》の関《せき》はゆるさじ（後拾遺和歌集・百）

21

紫《むらさき》式《しき》部《ぶ》

めぐり逢《あ》ひて見《み》しやそれとも分《わ》かぬ間《ま》に雲隠《くもがく》れにし夜半《よは》の月影《つきかげ》（新古今和歌集・百）

22

伊《い》勢《せの》大《たい》輔《ふ》

いにしへの奈良《なら》の都《みやこ》の八重桜《やへざくら》けふ九重《ここのへ》ににほひぬるかな（詞花和歌集・百）

23

能《のう》因《いん》法《ほう》師《し》

嵐《あらし》吹《ふ》く三室《みむろ》の山《やま》のもみぢ葉《ば》は竜田《たつた》の川《かは》の錦《にしき》なりけり（後拾遺和歌集・百）

都《みやこ》をば霞《かすみ》とともに立《た》ちしかど秋風《あきかぜ》ぞ吹《ふ》く白河《しらかは》の関《せき》（後拾遺和歌集）

24
西行《さいぎょう》
心《こころ》なき身《み》にもあはれは知《し》られけり鴫《しぎ》立《た》つ沢《さは》の秋《あき》の夕暮《ゆふぐ》れ（新古今和歌集）
年《とし》たけてまた越《こ》ゆべしと思《おも》ひきや命《いのち》なりけり佐夜《さや》の中山《なかやま》（新古今和歌集）
嘆《なげ》けとて月《つき》やは物《もの》を思《おも》はするかこち顔《がほ》なるわが涙《なみだ》かな（千載和歌集・百）

25
藤原定家《ふじわらのていか》
春《はる》の夜《よ》の夢《ゆめ》の浮《う》き橋《はし》とだえして峰《みね》に別《わか》るる横雲《よこぐも》の空《そら》（新古今和歌集）
見渡《みわた》せば花《はな》も紅葉《もみぢ》もなかりけり浦《うら》の苫屋《とまや》の秋《あき》の夕暮《ゆふぐ》れ（新古今和歌集）

問319　柿本人麻呂の歌を①～⑤から一つ選べ。

①神無月風に紅葉の散る時はそこはかとなく物ぞかなしき
②心あらむ人にみせばや津の国のなにはわたりの春のけしきを
③五月まつ花橘の香をかげば昔の人の袖の香ぞする
④東の野にかぎろひの立つみえてかへりみすれば月西渡《かたぶ》きぬ
⑤ほしきよき夜はのうす雪空はれて吹きとほす風を梢にぞ聞く

（成蹊大）

□ ④

問320　山上憶良の和歌を①～⑥から一つ選べ。

①春過ぎて夏来たるらし白妙の衣干したり天の香具山
②あかねさす紫野行き標野行き野守は見ずや君が袖振る
③磐代の浜松が枝を引き結び真幸くあらばまた帰り見む
④東の野にかぎろひの立つ見えてかへり見すれば月傾きぬ
⑤田子の浦ゆうち出でて見れば真白にぞ富士の高嶺に雪は降りける
⑥世の中を憂しとやさしと思へども飛び立ちかねつ鳥にしあらねば

（亜細亜大）

□ ⑥

問321　「万葉集の歌」にあたらないものを①～⑤から一つ選べ。

①田子《たご》の浦ゆうち出でてみれば真白にそ不尽《ふじ》の高嶺《たかね》に雪は降りける
②あかねさす紫野行《むらさきのゆ》き標野《しめの》行き野守《のもり》は見ずや君が袖《そで》振る
③紫草《むらさき》のにほへる妹《いも》を憎くあらば人妻ゆゑにわれ恋ひめやも

（日本大）

□ ④

④花の色はうつりにけりないたづらにわが身世にふるながめせしまに

⑤防人に行くは誰《た》が背と問ふ人を見るが羨《とも》しさ物思ひもせず

問322　次の歌の作者について、柿本人麻呂をA、山部赤人をB、紀貫之をC、その他をDとせよ。

①人はいさ心も知らずふるさとは花ぞ昔の香ににほひける

②東の野にかぎろひの立つ見えてかへり見すれば月傾きぬ

③春の野にすみれ摘みにと来し我そ野をなつかしみ一夜寝にける

④袖《そで》ひちて結びし水の凍れるを春立つ今日の風や解くらむ

⑤田子の浦ゆうち出でてみれば真白にぞ富士の高嶺に雪は降りける

⑥春の野に霞たなびきうら悲しこの夕かげに鶯《うぐひす》鳴くも

問323　次の歌の空白部にあてはまる漢字一字を、楷書ではっきりと書け。

①田子の浦ゆうち出でて見ればま白にぞ富士の高嶺に（　）は降りける　山部赤人

②ひさかたの光のどけき春の日にしづ心なく（　）の散るらむ　紀友則

③秋来ぬと目にはさやかに見えねども（　）の音にぞおどろかれぬる　藤原敏行

④東《ひむがし》の野にかぎろひの立つ見えてかへり見すれば（　）かたぶきぬ　柿本人麻呂

⑤山里は冬ぞ寂しさまさりける人目も（　）もかれぬと思へば　源宗于《むねゆき》

（上智大）
□①C
□②A
□③B
□④C
□⑤B
□⑥D

（名城大）
□①雪
□②花
□③風
□④月
□⑤草

問324 次の和歌について、後の問いに答えよ。

ちはやぶる神代もきかず竜田川からくれなゐに（1）くぐるとは　在原業平

人はいさ心もしらずふるさとは花ぞむかしの香に〔a〕　紀貫之

夜をこめて鳥の空音ははかるともよにあふさかの関は〔b〕　清少納言

歎けとて月やは物を思はするかこち顔なるわが（2）かな　西行法師

いにしへの奈良の（3）の八重桜けふ九重ににほひぬるかな　伊勢大輔

あしひきの山鳥の尾のしだり尾のながながし（4）を一人かも寝む　柿本人麻呂

(1)（1）～（4）にふさわしい語を、次の中からそれぞれ選べ。ただし、同じものを二度使わないこと。

涙　水　花　都　夜　朝

(2)〔a〕〔b〕に入る適切な語句を、それぞれ①～④から一つずつ選べ。

a　①にほひけむ　②にほひける　③にほひけり　④にほひけめ

b　①ゆるさむ　②ゆるさめ　③ゆるさじ　④ゆるさる

（奈良大）

問325 (1)『万葉集』・(2)『古今集』に収められている歌を①～⑥からそれぞれ一つずつ選べ。

①あかねさす紫野行き標野行き野守は見ずや君が袖振る

②春の夜の夢の浮橋とだえして嶺にわかるる横雲の空

③心なき身にもあはれは知られけり鴫立つ沢の秋の夕暮れ

（東京農業大）

□(1) 1 水　2 涙　3 都　4 夜

□(2) a ②　b ③

□(1) ①

□(2) ④

④五月待つ花橘の香をかげば昔の人の袖の香ぞする
⑤幾山河越えさり行かば寂しさの終てなむ国ぞ今日も旅ゆく
⑥その子二十櫛にながるる黒髪のおごりの春のうつくしきかな

問326 (1)蟬丸、(2)猿丸大夫の歌を①〜⑤からそれぞれ一つずつ選べ。

①これやこの行くも帰るも別れては知るも知らぬもあふ坂の関
②奥山に紅葉踏み分け鳴く鹿の声聞くときぞ秋は悲しき
③恋すてふわが名はまだき立ちにけり人知れずこそ思ひそめしか
④わが庵は都の辰巳しかぞ住む世をうぢ山と人はいふなり
⑤嵐吹く三室の山のもみぢ葉は竜田の川の錦なりけり

（上智大）

□(1) ①
□(2) ②

問327 次の五首の和歌のⅠ〜Ⅴに入る語を①〜⑦からそれぞれ一つずつ選べ。

みちのくの［Ⅰ］誰ゆゑに乱れむと思ふ我ならなくに（『古今和歌集』）
立ちわかれ［Ⅱ］の峰に生ふるまつとし聞かば今帰りこむ（『古今和歌集』）
これやこの行くも帰るも別れつつ知るも知らぬも［Ⅲ］（『後撰和歌集』）
春過ぎて夏来たるらし白たへの衣ほしたり［Ⅳ］（『万葉集』）
年たけて又こゆべしと思ひきや命なりけり［Ⅴ］（『新古今和歌集』）

①不破の関屋　②しのぶもぢずり　③逢坂の関　④小夜の中山
⑤白河の関　⑥因幡の山　⑦天の香具山

（東京学芸大）

□Ⅰ ②
□Ⅱ ⑥
□Ⅲ ③
□Ⅳ ⑦
□Ⅴ ④

問328 「北野」「菅原のおとど」等と称される人物の残した和歌を①～⑤から一つ選べ。

①天の原ふりさけみれば春日なる三笠の山に出でし月かも
②東風吹かばにほひおこせよ梅の花あるじなしとて春をわするな
③瀬を早み岩にせかるる滝川の割れても末に逢はむとぞ思ふ
④名にし負はばいざ言問はむ都鳥我が思ふ人はありやなしやと
⑤人はいさ心もしらずふるさとは花ぞむかしの香ににほひける

問329 「難波潟《なにはがた》短き葦《あし》の節の間も逢はでこのよを過ぐしてよとや」という和歌が収載されている歌集はいくつかあるが、そのうちの一つを記せ。

問330 在原業平の歌ではないものを①～⑤から一つ選べ。

①世の中にたえて桜のなかりせば春の心はのどけからまし
②ちはやぶる神代もきかず龍田川からくれなゐに水くくるとは
③名にしおはばいざ言問はむ都鳥わが思ふ人はありやなしやと
④花の色は移りにけりないたづらに我が身世にふるながめせし間に
⑤狩りくらしたなばたつめに宿からむ天の河原にわれは来にけり

（小樽商科大）
□②

（法政大）
□新古今和歌集

（法政大）
□④

問331　「月やあらぬ春や昔の春ならぬわが身ひとつはもとの身にして」という和歌の作者が活躍した時期より古い時代に成立した作品を①～⑤から一つ選べ。

①更級日記　②文華秀麗集　③狭衣物語　④伊勢物語　⑤古今和歌集

問332　「世の中にたえて桜のなかりせば春の心はのどけからまし」の作者を主人公とする出典作品は何か。正しいものを①～⑤から一つ選べ。

①栄花物語　②伊勢物語　③土佐日記　④源氏物語　⑤平中物語

問333　「色見えで移ろふものは世の中の人の心の花にぞありける」の歌を詠んだ歌人と同時期の歌人を①～⑥から一つ選べ。

①藤原俊成　②大伴黒主　③西行法師　④藤原定家　⑤源俊頼　⑥清原元輔

問334　「夢と知りせば」は小野小町の有名な古歌の第四句である。これにつぐ第五句はどれか。最も適当なものを①～⑤から一つ選べ。

①のどけからまし　②心地こそせね　③覚めざらましを　④おくれぬるかな　⑤いかが渡らむ

(早稲田大)　□ ②

(名城大)　□ ②

(立命館大)　□ ②

(立教大)　□ ③

問335 古今和歌集の六歌仙の一人である小野小町の歌を①～⑤から一つ選べ。

①わが屋戸のいささ群竹吹く風の音のかそけきこの夕へかも
②田児の浦ゆうち出でて見ればま白にそ不尽の高嶺に雪は降りける
③月やあらぬ春や昔の春ならぬわが身ひとつはもとの身にして
④思ひつつ寝ればや人の見えつらむ夢と知りせばさめざらましを
⑤大海の磯もとどろに寄する波割れて砕けて裂けて散るかも

（東京農業大）

□④

問336 X・Y・Zの和歌が載せられている、平安時代の歌集を①～⑤から一つ選べ。

X 色見えで移ろふものは世の中の人の心の花にぞありける
Y 侘《わ》びぬれば身をうき草の根を絶《た》えて誘ふ水あらば往《い》なむとぞ思ふ
Z 思ひつつ寝《ぬ》ればや人の見えつらむ夢と知りせば覚《さ》めざらましを

①万葉集　②山家集　③古今和歌集　④新古今和歌集　⑤玉葉和歌集

（東海大）

□③

問337 次に挙げる小倉百人一首に収録されている和歌のうち、『枕草子』の作者の作品とされるものはどれか。最も適切なものを①～⑤から一つ選べ。

①花の色はうつりにけりないたづらにわが身世にふるながめせしまに
②夜をこめて鳥のそら音ははかるともよに逢坂の関はゆるさじ
③夏の夜はまだ宵ながら明けぬるを雲のいづこに月やどるらむ
④契りきなかたみに袖をしぼりつつ末の松山波越さじとは

（高崎経済大）

□②

⑤めぐりあひて見しやそれとも分かぬまに雲がくれにし夜半の月かな

問338 紫式部は歌人としても有名である。紫式部の歌を①〜⑤から一つ選べ。

①嘆きつつ一人寝る夜の明くるまはいかに久しきものとかはしる
②めぐり逢ひて見しやそれともわかぬまに雲隠れにし夜半の月かな
③よをこめて鳥の空音ははかるともよに逢坂の関はゆるさじ
④いにしへの奈良の都の八重桜けふ九重に匂ひぬるかな
⑤春の夜の夢ばかりなる手枕にかひなくたたむ名こそ惜しけれ

（同志社女子大）

□②

問339 「かの能因が『秋風ぞ吹く白川の関』といふ歌」について、「秋風ぞ吹く白川の関」の上の句は何か。①〜⑤から一つ選べ。

①都をば五月の雨に打たれつつ
②都をば桜の花を眺めつつ
③都をば霞とともに立ちしかど
④都をば弥生の月に誘われて
⑤都をば春まだ浅き日なれども

（高崎経済大）

□③

問340 『新古今集』の「心なき身にもあはれは知られけり」という和歌の作者は古来『撰集抄』の作者に擬されてきた。その和歌の下の句と作者とを答えよ。

（九州大）

□鴫立つ沢の秋の夕暮れ
□西行

Ⅱ でるとこ有名俳句

1 松尾芭蕉《まつおばしょう》

古池《ふるいけ》や蛙《かはづ》飛《と》び込《こ》む水《みづ》のおと
閑《しづ》かさや岩《いは》にしみ入《い》る蟬《せみ》の声《こゑ》
荒海《あらうみ》や佐渡《さど》に横《よこ》たふ天《あま》の河《がは》
秋深《あきふか》き隣《となり》は何《なに》をする人《ひと》ぞ

夏草《なつくさ》や兵《つはもの》どもが夢《ゆめ》の跡《あと》
五月雨《さみだれ》をあつめてはやし最上川《もがみがは》
この道《みち》や行《ゆ》く人《ひと》なしに秋《あき》の暮《く》れ
旅《たび》に病《や》んで夢《ゆめ》は枯《か》れ野《の》をかけめぐる

2 与謝蕪村《よさぶそん》

春《はる》の海《うみ》終日《ひねもす》のたりのたりかな
五月雨《さみだれ》や大河《たいが》を前《まへ》に家二軒《いへにけん》

菜《な》の花《はな》や月《つき》は東《ひがし》に日《ひ》は西《にし》に
鳥羽殿《とばどの》へ五六騎《ごろくき》急《いそ》ぐ野分《のわき》かな

3 小林一茶《こばやしいつさ》

痩《や》せ蛙《がへる》まけるな一茶《いつさ》是《これ》に有《あ》り
我《われ》と来《き》て遊《あそ》べや親《おや》のない雀《すずめ》
名月《めいげつ》を取《と》つてくれろと泣《な》く子《こ》かな

目出度《めでた》さもちう位《くらゐ》也《なり》おらが春《はる》
雀《すずめ》の子《こ》そこのけそこのけお馬《うま》が通《とほ》る
是《これ》がまあつひの栖《すみか》か雪五尺《ゆきごしやく》

問341　芭蕉の作品を①〜⑤から一つ選べ。（国士舘大）

①荒海や佐渡に横たふ天の河
②柿くへば鐘がなるなり法隆寺
③朝顔につるべとられてもらひ水
④目には青葉山ほととぎす初がつを
⑤春の海ひねもすのたりのたりかな

□ ①

問342　芭蕉の句でないものはどれか。①〜⑤から一つ選べ。（専修大）

①菜の花や月は東に日は西に
②閑《しづか》さや岩にしみ入る蟬《せみ》の声
③さまざまの事おもひ出す桜かな
④荒海や佐渡によこたふ天河《あまのがは》
⑤旅に病《やん》で夢は枯野をかけ廻《めぐ》る

□ ①

問343　『笈の小文』の作者の句を①〜⑤から一つ選べ。（法政大）

①閑かさや岩にしみ入る蟬の声
②うらやましおもひ切る時猫の恋
③月天心貧しき町を通りけり
④菜の花や月は東に日は西に
⑤めでたさも中位なりおらが春

□ ①

問344　与謝蕪村の句を①〜⑤から一つ選べ。（新潟県立大）

①菜の花や月は東に日は西に
②五月雨の降りのこしてや光堂
③象潟や雨に西施がねぶの花
④一家に遊女もねたり萩と月
⑤卯の花をかざしに関の晴れ着かな

□ ①

問345 与謝蕪村の発句ではないものを①～⑤から一つ選べ。
①愁ひつつ岡にのぼれば花いばら
②五月雨や大河を前に家二軒
③菜の花や月は東に日は西に
④五月雨をあつめてはやし最上川
⑤春の海終日《ひねもす》のたりのたりかな

問346 蕪村の俳句を①～⑤から一つ選べ。
①朝顔につるべとられてもらひ水
②柿食へば鐘がなるなり法隆寺
③五月雨を集めてはやし最上川
④名月をとつてくれろと泣く子かな
⑤春の海ひねもすのたりのたりかな

問347 蕪村に関する説明のうち正しいものを①～⑥から二つ選べ。
①「目には青葉山ほととぎす初鰹《がつを》」の作者である。
②「閑《しづか》さや岩にしみ入る蟬の声」の作者である。
③「鳥羽殿へ五六騎いそぐ野分かな」の作者である。
④日常的な生活感情を平明に表現する独自の様式を開いた。
⑤「仮名書きの詩人」と評され、画においてもすぐれた業績を残した。
⑥西行や宗祇にあこがれ、旅に出ることを好み、多くの紀行文を残した。

（関西外国語大）
□④

（名城大）
□⑤

（上智大）
□③⑤

問348　雀に対する愛情をよんだ有名な俳句として、「雀の子そこのけそこのけお馬が通る」という句がある。誰の句か。①～⑤から一つ選べ。

①正岡子規　②松尾芭蕉　③小林一茶　④高浜虚子　⑤与謝蕪村

（明治大）　□ ③

問349　小林一茶の句を①～⑤から一つ選べ。

①流れ行く大根の葉の早さかな　②鳥羽殿へ五六騎いそぐ野分哉

③目出度さもちう位也おらが春　④五月雨をあつめて早し最上川

⑤鶏頭の十四五本もありぬべし

（関東学院大）　□ ③

問350　小林一茶の俳句を①～⑤から一つ選べ。

①菜の花や月は東に日は西に　②目には青葉山ほととぎす初鰹《はつがつを》

③梅一輪一りんほどのあたたかさ　④これがまあ終《つひ》の住処《すみか》か雪五尺

⑤荒海や佐渡に横たふ天の川

（高崎経済大）　□ ④

問351　一茶の作でない俳句を①～⑤から一つ選べ。

①名月をとってくれろと泣く子かな　②われと来て遊べや親のない雀

③これがまあつひのすみかか雪五尺　④やれ打つな蠅が手をすり足をする

⑤五月雨や大河を前に家二軒

（明治大）　□ ⑤

Ⅲ でるとこ有名作品の冒頭

1

『古今和歌集《こきんわかしゆう》』仮名序《かなじよ》（紀貫之《きのつらゆき》）

やまとうたは、人《ひと》の心《こころ》を種《たね》として、万《よろづ》の言《こと》の葉《は》とぞなれりける。世《よ》の中《なか》にある人《ひと》、ことわざ繁《しげ》きものなれば、心《こころ》に思《おも》ふことを、見《み》るもの聞《き》くものにつけて、言《い》ひ出《いだ》せるなり。

2

『竹取物語《たけとりものがたり》』

いまはむかし、たけとりの翁《おきな》といふものありけり。野山《のやま》にまじりて竹《たけ》をとりつつ、よろづのことにつかひけり。

3

『伊勢物語《いせものがたり》』

むかし、男《をとこ》、初冠《うひかうぶり》して、奈良《なら》の京春日《きやうかすが》の里《さと》に、しるよしして、狩《かり》にいにけり。その里《さと》に、いとなまめいたる女《をんな》はらからすみけり。この男《をとこ》かいまみてけり。

4

『土佐日記《とさにつき》』（紀貫之《きのつらゆき》）

男《をとこ》もすなる日記《にき》といふものを、女《をんな》もしてみむとてするなり。

5

『枕草子《まくらのそうし》』（清少納言《せいしようなごん》）

春《はる》はあけぼの。やうやうしろくなりゆく山《やま》ぎは、すこしあかりて、紫《むらさき》だちたる雲《くも》のほそくたなびきたる。

6

『源氏物語《げんじものがたり》』（紫式部《むらさきしきぶ》）

いづれの御時《おほんとき》にか、女御《にようご》、更衣《かうい》あまたさぶらひたまひける中《なか》に、いとやむごとなき際《きは》にはあらぬが、すぐれて時《とき》めきたまふありけり。

7

『更級日記《さらしなにつき》』（菅原孝標女《すがわらのたかすえのむすめ》）

あづま路《ぢ》の道《みち》のはてよりも、なほ奥《おく》つ方《かた》に生《お》ひ出《い》でたる人《ひと》、いかばかりかはあやしかりけむを……、

8

『大鏡《おおかがみ》』

先《さい》つ頃《ころ》、雲林院《うりんゐん》の菩提講《ぼだいこう》に詣《まう》でてはべりしかば、例人《れいひと》よりはこよなう年老《としお》い、うたてげなる翁《おきな》二人《ふたり》、嫗《おうな》といきあひて、同《おな》じ所《ところ》に居《ゐ》ぬめり。

9

『方丈記《ほうじようき》』（鴨長明《かものちようめい》）

ゆく河《かは》の流《なが》れは絶《た》えずして、しかももとの水《みづ》にあらず。よどみに浮《うか》ぶうたかたは、かつ消《き》え、かつ結《むす》びて、久《ひさ》しくとどまりたるためしなし。

10

『平家物語《へいけものがたり》』

祇園精舎《ぎをんしやうじや》の鐘《かね》の声《こゑ》、諸行無常《しよぎやうむじやう》の響《ひびき》あり。娑羅双樹《しやらさうじゆ》の花《はな》の色《いろ》、盛者必衰《じやうしやひつすい》の理《ことわり》をあらはす。おごれる人《ひと》も久《ひさ》しからず、唯春《ただはる》の夜《よ》の夢《ゆめ》のごとし。

11

『徒然草《つれづれぐさ》』（吉田兼好《よしだけんこう》）

つれづれなるままに、日《ひ》くらし硯《すずり》にむかひて、心《こころ》にうつりゆくよしなし事《ごと》を、そこはかとなく書《か》きつくれば、あやしうこそものぐるほしけれ。

12

『おくのほそ道《みち》』（松尾芭蕉《まつおばしよう》）

月日《つきひ》は百代《はくたい》の過客《くわかく》にして、行《ゆき》かふ年《とし》も又旅人也《またたびびとなり》。舟《ふね》の上《うへ》に生涯《しやうがい》をうかべ、馬《むま》の口《くち》とらへて老《おい》をむかふるものは、日々旅《ひびたび》にして旅《たび》を栖《すみか》とす。

問352 「やまと歌は、人の心を種として」で始まる紀貫之の序文を収める作品を①～⑤から一つ選べ。
①土佐日記　②蜻蛉日記　③古今和歌集　④新古今和歌集　⑤徒然草

問353 次に挙げるのは『古今和歌集』仮名序の一部だが、空欄に入れるのにふさわしい語を答えよ。
［　　］は人のこころをたねとして、よろづのことのはとぞなれりける。

問354 『土佐日記』は「［Ⅰ］もすなる日記といふものを、［Ⅱ］もしてみむとてするなり」という文で始まる。［Ⅰ］と［Ⅱ］に正しいことばを入れよ。

問355 次に示す①～⑤は、文学作品の冒頭部分であるが、このうちから、『枕草子』が成立した時代とは、異なる時代に成立したものを一つ選べ。
①いづれの御時にか、女御・更衣あまたさぶらひ給ひけるなかに
②男もすなる日記といふものを、女もしてみむとてするなり
③あづまぢの道のはてよりも、なほおくつかたに生ひいでたる人
④いまは昔、竹取の翁といふもの有りけり
⑤つれづれなるままに、日暮らし、硯に向かひて

（京都外国語大）
□③

（明治大）
□やまとうた

（青山学院大）
□Ⅰ男
□Ⅱ女

（実践女子大）
□⑤

問356 この文章は、有名な文学作品の冒頭である。作品名と作者名を書け。

あづま路の道のはてよりも、なほ奥つかたに生ひいでたる人、いかばかりかはあやしかりけむを、いかに思ひはじめける事にか、世の中に物語といふ物のあんなるを、いかで見ばやと思ひつつ、つれづれなる昼ま、宵ゐなどに、姉継母などやうの人々の、その物語、かの物語、光る源氏のあるやうなど、ところどころ語るを聞くに、いとどゆかしさまされど、わが思ふままに、そらに、いかでかおぼえ語らむ。

（高崎経済大）

□更級日記

□菅原孝標女

問357 『大鏡』の冒頭部を①～⑤から一つ選べ。

①あづまぢの道の果てよりもなほ奥つ方に生ひ出でたる人…

②先《さい》つ頃、雲林院の菩提講に詣でて侍りしかば…

③世始りて後、この国のみかど六十余代にならせ給ひにけれど…

④やまとうたは人の心をたねとして万《よろづ》の言の葉とぞ…

⑤むかし男うひかうぶりして、奈良の京春日の里にしるよしして…

（早稲田大）

□②

問358 『方丈記』の冒頭部分はどれか。正しいものを①～⑤から一つ選べ。

①月日は百代の過客にして、行きかふ年もまた旅人なり…

②祇園精舎の鐘の声、諸行無常の響きあり…

③ゆく河の流れは絶えずして、しかも、もとの水にあらず…

④いづれの御時にか、女御、更衣あまたさぶらひたまひけるなかに…

⑤男もすなる日記といふものを女もしてみむとてするなり…

（名城大）

□③

問359 次の①～④はそれぞれある作品の冒頭である。その作品名を漢字で記せ。

①ゆく河の流れは絶えずして、しかももとの水にあらず。

②先《さい》つ頃《ころ》、雲林院《うりんゐん》の菩提講に詣でて侍りしかば、例の人よりはこよなう年老い、うたてげなる翁二人、嫗《おうな》といきあひて、同じ所に居ぬめり。

③男もすなる日記《にき》といふものを、女もしてみむとて、するなり。

④あづま路の道の果てよりも、なほ奥つ方に生ひ出《い》でたる人、いかばかりかはあやしかりけむを、いかに思ひはじめける事にか、世の中に物語といふ物のあんなるを、いかで見ばやと思ひつつ、つれづれなるひるま、よひゐなどに、姉、継母などやうの人々の、その物語、かの物語、光源氏のあるやうなど、ところどころ語るを聞くに、いとどゆかしさまされど、わが思ふままに、そらにいかでかおぼえ語らむ。

（東京学芸大）

□①方丈記
□②大鏡
□③土佐日記
□④更級日記

問360 『奥の細道』の冒頭の部分として最もふさわしいものを①～⑤から一つ選べ。

①木曽路はすべて山の中である。

②山路を登りながら、かう考へた。智に働けば角が立つ。情に棹させば流される。とかくに人の世は住みにくい。

③行く川の流れは絶えずして、しかももとの水にあらず。淀みに浮かぶうたかたは、かつ消えかつ結びて久しくとどまりたるためしなし。

④祇園精舎の鐘の声諸行無常の響きあり。沙羅双樹の花の色盛者必衰の理をあらはす。

⑤月日は百代の過客にして行きかふ年もまた旅人なり。

（國學院大）

□⑤

索引

あ

赤染衛門　あかぞめえもん　24・30
阿仏尼　あぶつに　56
新井白石　あらいはくせき　74
在原業平　ありわらのなりひら　10・18・100
在原行平　ありわらのゆきひら　100
飯尾宗祇　いいおそうぎ　58
十六夜日記　いざよいにっき　56
和泉式部　いずみしきぶ　24
和泉式部日記　いずみしきぶにっき　20
伊勢　いせ　100
伊勢大輔　いせのたいふ　102
伊勢物語　いせものがたり　18・116
石上私淑言　いそのかみのささめごと　76
伊曾保物語　いそほものがたり　64
犬筑波集　いぬつくばしゅう　58
井原西鶴　いはらさいかく　64・66
今鏡　いまかがみ　30
今物語　いまものがたり　48
今様　いまよう　36
上田秋成　うえだあきなり　78
浮世草子　うきよぞうし　64
雨月物語　うげつものがたり　78
宇治拾遺物語　うじしゅういものがたり　48
鶉衣　うずらごろも　72
うたたね　うたたね　56
歌物語　うたものがたり　18
宇津保物語　うつほものがたり　16
栄花物語（栄華物語）　えいがものがたり　30
笈の小文　おいのこぶみ　68
大鏡　おおかがみ　30・117
凡河内躬恒　おおしこうちのみつね　10
大伴黒主　おおとものくろぬし　10
大伴旅人　おおとものたびと　8
大伴家持　おおとものやかもち　8・99
太安万侶　おおのやすまろ　8
大宅世継　おおやけのよつぎ　30
荻生徂徠　おぎゅうそらい　74
おくのほそ道　おくのほそみち　68・118
落窪物語　おちくぼものがたり　16
御伽草子　おとぎぞうし　64
小野小町　おののこまち　10・101

おらが春　おらがはる　72
折たく柴の記　おりたくしばのき　74

か

柿本人麻呂　かきのもとのひとまろ　8・98
花月草紙　かげつそうし　74
蜻蛉日記　かげろうにっき　20
仮名序　かなじょ　10・116
仮名草子　かなぞうし　64
鴨長明　かものちょうめい　46・48
賀茂真淵　かものまぶち　76
軽み　かるみ　68
歌論　かろん　14・36・42
閑居友　かんきょのとも　48
記紀　きき　8
義経記　ぎけいき　52
喜撰法師　きせんほうし　10
紀伝体　きでんたい　30
紀貫之　きのつらゆき　10・20・101
紀友則　きのとものり　10・101
紀淑望　きのよしもち　10
曲亭馬琴　きょくていばきん　78
清原元輔　きよはらのもとすけ　24
去来抄　きょらいしょう　68
金槐和歌集　きんかいわかしゅう　42
近代秀歌　きんだいしゅうか　42
金葉和歌集　きんようわかしゅう　14
愚管抄　ぐかんしょう　52
軍記物語　ぐんきものがたり　52
契沖　けいちゅう　76
兼好法師　けんこうほうし　56
源氏物語　げんじものがたり　24・117
源氏物語玉の小櫛　げんじものがたりたまのおぐし　76
源平盛衰記　げんぺいじょうすいき　52
建礼門院右京大夫集　けんれいもんいんうきょうのだいぶしゅう　42
元禄文学　げんろくぶんがく　66
好色一代男　こうしょくいちだいおとこ　64
好色五人女　こうしょくごにんおんな　64
古今和歌集　こきんわかしゅう　10・14
国学　こくがく　76
国性爺合戦　こくせんやかっせん　66
古今著聞集　ここんちょもんじゅう　48
古事記　こじき　8
古事記伝　こじきでん　76
後拾遺和歌集　ごしゅういわかしゅう　14
後白河上皇　ごしらかわじょうこう　36

後撰和歌集　ごせんわかしゅう　14
後鳥羽上皇　ごとばじょうこう　42
小林一茶　こばやしいっさ　72・112
後深草院二条　ごふかくさいんにじょう　56
古来風体抄　こらいふうていしょう　36
今昔物語集　こんじゃくものがたりしゅう　34

さ

西行　さいぎょう　36・103
在五中将・在中将　ざいごちゅうじょう・ざいちゅうじょう　18
狭衣物語　さごろもものがたり　28
讃岐典侍日記　さぬきのすけにっき　20
さび　さび　68
更科紀行　さらしなきこう　68
更級日記　さらしなにっき　20・28・117
猿丸大夫　さるまるだゆう　99
猿蓑　さるみの　68
山家集　さんかしゅう　36
三冊子　さんぞうし　68
三代集　さんだいしゅう　14
慈円（慈鎮）　じえん（じちん）　52
詞歌和歌集　しかわかしゅう　14
私家集　しかしゅう　36・42
四鏡　しきょう　30
十訓抄　じっきんしょう　48
十返舎一九　じっぺんしゃいっく　78
持統天皇　じとうてんのう　98
信濃前司行長　しなののぜんじゆきなが　52
沙石集　しゃせきしゅう　48
拾遺和歌集　しゅういわかしゅう　14・24
蕉風　しょうふう　68
蕉門　しょうもん　68
新古今和歌集　しんこきんわかしゅう　14・42
心中天網島　しんじゅうてんのあみじま　66
新撰菟玖波集　しんせんつくばしゅう　58
新勅撰和歌集　しんちょくせんわかしゅう　42
神皇正統記　じんのうしょうとうき　52
新花摘　しんはなつみ　72
随筆　ずいひつ　24・46・56・74
菅原孝標女　すがわらのたかすえのむすめ　20・28
菅原道真　すがわらのみちざね　10・100
住吉物語　すみよしものがたり　16
世阿弥　ぜあみ　58
清少納言　せいしょうなごん　24・102
世間胸算用　せけんむなざんよう　64
説話　せつわ　34・48
蝉丸　せみまる　99

千載和歌集　せんざいわかしゅう　14
撰集抄　せんじゅうしょう　48
宗祇　そうぎ　58
僧正遍昭　そうじょうへんじょう　10
曾我物語　そがものがたり　52
曾根崎心中　そねざきしんじゅう　66
曾良　そら　68

た

醍醐天皇　だいごてんのう　10
太平記　たいへいき　52
対話形式　たいわけいしき　30
高橋虫麻呂　たかはしのむしまろ　8
滝沢馬琴　たきざわばきん　78
竹取物語　たけとりものがたり　16・116
橘成季　たちばなのなりすえ　48
玉勝間　たまかつま　74・76
たをやめぶり　たおやめぶり　10
近松門左衛門　ちかまつもんざえもん　66
中宮彰子　ちゅうぐうしょうし　24
中宮定子　ちゅうぐうていし　24
勅撰和歌集　ちょくせんわかしゅう　10・14・42
菟玖波集　つくばしゅう　58
筑波問答　つくばもんどう　58
作り物語　つくりものがたり　16
堤中納言物語　つつみちゅうなごんものがたり　28
徒然草　つれづれぐさ　46・56・118
伝奇物語　でんきものがたり　16
天神　てんじん　10
東海道中膝栗毛　とうかいどうちゅうひざくりげ　78
土佐日記　とさにっき　20・116
俊頼髄脳　としよりずいのう　14
とはずがたり　とはずがたり　56
とりかへばや物語　とりかへばやものがたり　28

な

夏山繁樹　なつやまのしげき　30
南総里見八犬伝　なんそうさとみはっけんでん　78
日記　にっき　20・56
日本永代蔵　にほんえいたいぐら　64
日本書紀　にほんしょき　8
日本霊異記　にほんりょういき　34
額田王　ぬかたのおおきみ　8・98
能因法師　のういんほうし　102
能楽　のうがく　58
野ざらし紀行　のざらしきこう　68

は

八代集　はちだいしゅう　14
服部土芳　はっとりとほう　68
浜松中納言物語　はままつちゅうなごんものがたり　28
春雨物語　はるさめものがたり　78
百人一首　ひゃくにんいっしゅ　42
平田篤胤　ひらたあつたね　76
琵琶法師　びわほうし　52
風姿花伝　ふうしかでん　58
不易流行　ふえきりゅうこう　68
武家義理物語　ぶけぎりものがたり　64
藤原家隆　ふじわらのいえたか　42
藤原公任　ふじわらのきんとう　24
藤原俊成　ふじわらのしゅんぜい　14・36
藤原定家　ふじわらのていか　42・103
藤原敏行　ふじわらのとしゆき　101
藤原道綱母　ふじわらのみちつなのはは　20
藤原道長　ふじわらのみちなが　30
武道伝来記　ぶどうでんらいき　64
文屋康秀　ふんやのやすひで　10
平家物語　へいけものがたり　46・52・118
平治物語　へいじものがたり　52
平中物語　へいちゅうものがたり　18
編年体　へんねんたい　30
保元物語　ほうげんものがたり　52
方丈記　ほうじょうき　46・118
発心集　ほっしんしゅう　46・48

ま

毎月抄　まいげつしょう　42
枕草子　まくらのそうし　24・117
増鏡　ますかがみ　30
ますらをぶり　ますらおぶり　8
松尾芭蕉　まつおばしょう　66・68・112
松平定信　まつだいらさだのぶ　74
真名序　まなじょ　10
継子いじめ　ままこいじめ　16
万葉集　まんようしゅう　8
万葉代匠記　まんようだいしょうき　76
水鏡　みずかがみ　30
源実朝　みなもとのさねとも　42
源融　みなもとのとおる　100
源俊頼　みなもとのとしより　14
源宗于　みなもとのむねゆき　102
壬生忠岑　みぶのただみね　10
向井去来　むかいきょらい　68
無住　むじゅう　48
無常観　むじょうかん　46

無名抄　むみょうしょう　46
無名草子　むみょうぞうし　46
紫式部　むらさきしきぶ　24・102
紫式部日記　むらさきしきぶにっき　20
明月記　めいげつき　42
冥途の飛脚　めいどのひきゃく　66
本居宣長　もとおりのりなが　74・76・78
もののあはれ　もののあはれ　76

や・ら・わ

大和物語　やまとものがたり　18
山上憶良　やまのうえのおくら　8・99
山部赤人　やまべのあかひと　8・98
謡曲　ようきょく　58
横井也有　よこいやゆう　72
与謝蕪村　よさぶそん　72・78・112
吉田兼好　よしだけんこう　56
読本　よみほん　78
夜の寝覚　よるのねざめ　28
梁塵秘抄　りょうじんひしょう　36
歴史物語　れきしものがたり　30
連歌　れんが　58
六歌仙　ろっかせん　10
和漢混淆文　わかんこんこうぶん　46・52
和漢朗詠集　わかんろうえいしゅう　24

22220